NAGEL & KIMCHE

1. Auflage 2022

© 2022 Nagel & Kimche
in der MG Medien Verlags GmbH, München · Zürich
Satz: im Verlag
Umschlaggestaltung: buxdesign | Lisa Höfner
unter Verwendung von Motiven von
© Sarah Colegrave Fine Art / Bridgeman Images
und plain picture / Holly & John
Druck und Bindung: CPI books GmbH, Leck

ISBN 978-3-7556-0012-1

Printed in Germany

DA HINAUF
Marianne Künzle

ROMAN

NAGEL & KIMCHE

Der Gletscher.
Weiß, glänzend. Er schwitzt im Licht.
Der Wind.
In den Spalten. Den Rissen. Lau am Eis.

Wasser fließt ins Tal.
Wolke. Schnee. Regen.
Der Gletscher schmilzt.
Wasser fließt ins Tal.

Annina

Da hinauf will sie, ins Hochgebirge, ins Geröll, ins viele Nass. Annina wandert zum Gletscher. Setzt Fuß vor Fuß von Stein zu Stein. Die Gläser ihrer Sonnenbrille brechen die gleißende Helligkeit. Annina ist heiß. Die Brillengläser beschlagen. Sie denkt, dass sie den Anstieg bis zum Wegweiser ignorieren, sich auf die flache Steinplatte fokussieren muss. Die liegt mitten im Weg. Ein Podest. Dort dann anhalten, sich blenden lassen. Lieber als beschlagene Gläser, die ärgern und zusätzliche Wärme generieren, zu der Hitze, die nur schon Gehen verursacht. Aber Annina bleibt stehen. Stemmt die Arme in die Hüfte. Schnauft. Sie könnte heulen vor Anstrengung. Um sie herum nichts als grauer Fels. Monotones Hanggrün. Schroff. Abweisend.

Annina denkt an morgen. Montag. Ihr erstes Interview seit dem Start auf der Redaktion. Draußen im Park mit dem neuen Direktor der Stadtgärtnerei. Sie, die sich am Kugelschreiber festhält. Obwohl doch er nervös sein müsste. Ihre Fragen lösen Resonanz aus, den Redefluss beim Gegenüber, und dann läufts, sie überspringt auch welche, und schon bald erfindet sie dazu. Dinge will sie wissen, die ihr spontan einfallen. Sie würde ihn fragen, ob er die Arbeit an der frischen Luft nicht vermissen werde, oder ob man wegen des Klimawandels in Stadtpärken schon bald Kakteen antreffen könne. Auf der Redaktion beim Rapportieren wird sie sagen können, die Quotes sind brauchbar, das Gespräch ist gut gelaufen, und ihr Nicken wird ehrlich gemeint sein. Sie wünscht sich dahin. Wie sie nickt und man ihr sagt, schön, oder gut gemacht, und wie sie motiviert zu schreiben beginnt, weil ihre Leistung Anklang findet, sie dazugehört, weil sie zuallererst ganz einfach Annina ist, eine begabte Praktikantin und erst an zweiter Stelle Tochter der ehemaligen Chefredaktorin, die ihr die befristete Stelle vermittelt hat.

Aber vorher wird Annina den Montag beginnen müssen. Noch kann alles anders kommen. Sie könnte sich verspäten, der Gesprächspartner wäre gereizt. Das Interview würde platt. Annina verzichtete darauf, zu rapportieren. Sie schriebe brav ihren Text. Sie bliebe unsichtbar. Oder sie wäre zwar pünktlich, vermasselte aber das Interview dennoch. Weil sie nicht wirklich präsent wäre, ihr die Spontanität fehlte. Sie sich abgekoppelt fühlte vom Ganzen. Manchmal passiert das bereits auf dem Weg zur Arbeit, wenn sie den Einstieg in den Tag verpasst. Annina geht den Ablauf in Gedanken durch:

Vor dem Interview ins Büro. Sie sieht sich morgens den Bahnhof durchqueren. Dem Verkehrschaos in der Innenstadt ausweichen. Die Wahl haben zwischen verstopften Straßen und überfüllten Perrons. Pendelnde zwischen Bettwärme und Bildschirmen. Züge, die einfahren und abfahren. Da ist der meist pünktlich ankommende Intercity, wenn sie die Rolltreppe hinab in die Bahnhofshalle nimmt, um beim Ostausgang ins Stadtzentrum zu gelangen. Die Türen des Intercitys öffnen sich asynchron. Nach einem kurzen Moment, in dem nichts passiert, quillt es aus ihm heraus, der Zug entledigt sich der Menschen, die in ihm gefahren sind. Annina schon bald mittendrin in dieser Masse, die sich über das Perron ergießt, beim Abgang in Schubsen und Stoßen verfällt, einen Strang zieht es hinunter, sonst drängt sie vorwärts, Annina mittendrin, über plattgedrückte Kaugummis, Gratisblätter, vielen Zielen entgegen über die Granitplatten zwischen den Gleisen, sie pflügt eine Schneise in die entgegenkommende Woge von Jacken und stummen Gesichtern. Bleiche Hände, die Koffer ziehen, Taschen tragen, sich an Plastiksäcken festhalten. Manche Menschen, ungeschickt im Ausweichen, verursachen Stockungen, rauben dem Fließen seine ureigene Bestimmung, voranzubringen, und in der Masse verziehen sich Gesichter. Im Quietschen des nächsten einfahrenden Zuges glaubt Annina zu hören, wie die Gesichter schnauben und sieht in ihnen Blicke, die töten könnten. Blicke von Menschen, die sich fürchten, ihr Ziel aus den Augen zu verlieren. Das macht Annina manchmal Angst. Was ist ihr konkretes Ziel? Sieht man ihr an, dass sie ihr Ziel nicht kennt? An solchen Tagen bleibt sie außen vor.

Annina erreicht den Wegweiser, eine Metallstange mit Höhenangabe, 2.856 Meter über Meer. Keine eigentliche Verzweigung, der Weg führt weiter hinauf, direkt an den Gletscher und über den Pass. Auf der flachen Steinplatte eine Wegmarkierung mit drei aufgemalten Linien, Weiß-Blau-Weiß. Kriegsbemalung. Wie die Indios am Amazonas. Annina, im letzten Herbst, im Halbrund der versammelten Dorfgemeinschaft. Sie versucht sich an die Bedeutung der Zeremonie zu erinnern. Der Guide hatte ihnen alles erklärt. Seine Fistelstimme. Sein fehlendes Talent zu erzählen. Was ihr geblieben ist: das Weiß der Augen, das Aufblitzen von Schalk unter der Schminke. Die Hitze über allem.

    Annina geht weiter. Folgt dem Weg in den Hang.

Höhe überwinden. Distanz zurücklegen. Sie, passionierte Bikerin, jetzt hier, auf Bergtour. Ihre Füße haben ihr ganzes Körpergewicht zu stemmen. Ein Rad rollte rund und über alles hinweg, es brauchte dazu nur einen Impuls: das Rad, die Muskelkraft, sich ergänzend, potenzierend. Sie wäre mit dem Bike unterwegs, wenn sie nicht auf Melli gehört hätte. Melli wollte hier hinauf, Melli wollte Wandern, bitte schön, Annina wandert.

    Annina weiß, wie sehr sich Melli auf den heutigen Tag gefreut hat, nun liegt sie unten krank im Bett. Annina macht die Tour trotzdem.

    Annina erreicht den Standort, von dem aus man in das Hochtal sieht. Gleich unter ihr erstreckt sich das Gletschervorfeld. Eine riesige Fläche von mehreren Fußballfeldern, auf der vereinzelte Sträucher wachsen. Der Gletscher selber liegt weit hinten mitten im Schutt. Er ist bedeckt von einer schmutzigen Schicht aus Kohlestaub, Wüstensand, Partikeln. Das Gletschertor wirkt mickrig. Nur an den Flanken des Bergmassivs, im Einzugsgebiet, wo er entspringt, glänzender Schnee, von Spalten zerrissenes Geprunke. Er hängt dort in der Sonne nass am Berg.

Sonst? Da ist sie. Mit Pochen im Kopf. In grüner Jacke, mit einem Daypack. Auf ihrem T-Shirt steht »Abercrombie«. Und da ist der rauschende Bach, unzählige Rinnsale, die glitzern. Sie sind das Tal. Ein schmelzender Gletscher ist nichts als Wasser. Was tut sie da, was waren ihre Erwartungen? Annina steckt die Sonnenbrille hoch. Senkt unmittelbar den Blick.

Der Gletscher.
Weiß, glänzend. Er liegt im Licht.
Der Wind.
In den Spalten, den Rissen und am Eis.

Die Kälte, die Mutter.
Wasser fließt. Ins Tal.
Fluss. Meer. Wolke.
Die Kälte, der Vater.

Irma

Da will ich hinauf, dachte sie. Ins Hochgebirge. Ich, Irma. Einundvierzig Jahre alt, unausstehlich, Spielverderberin. Irma trug Herbis kariertes Hemd und stieg zum Gletscher. Setzte Fuß vor Fuß von Stein zu Stein. Sonne im Hochgebirge. Lichtintensität auf 2 800 Metern über Meer. Irma blinzelte. Eine Strapaze für das menschliche Auge, dachte sie, hier überleben nur Lichtwesen. Lichtpflanzen. Und welche meinst du, sind Lichtwesen, welche Pflanzen wachsen hier, hätte mich Herbi gefragt. Ich hätte geseufzt, das Habichtskraut? Abwägend hätte er genickt, nicht schlecht, und er hätte zu referieren begonnen. Irma seufzte. Sie lächelte, spitzte die Lippen, hob die Augenbrauen und setzte an, als begänne sie eine Rede. Malte sich aus, was er sagen würde und wie. Er hätte sie fixiert und freundlich erklärt, wie lichthungrig das Habichtskraut sei. Helligkeit bringe das Seidenhaarige Habichtskraut zum Blühen. Sein bevorzugter Lebensraum seien steinige Halden, hochalpiner Rasen. Obwohl, Irma blieb stehen, blickte sich um, entdeckte keines. Wuchs es im Schutz von Felsblöcken auf hauchdünner Humusschicht?

    Irma ging weiter. Wasserrauschen füllte die Luft, die Halden. Sie ging weiter. Wasserrauschen in der Luft, den Halden. Das Knirschen ihrer Nagelschuhe. Sie brauchte nur dem Bergweg zu folgen, er führte sie zum Gletscher. Ein Schatten schnellte über Irma hinweg. Sie schaute auf. Wie erhaben, dachte sie, mit befingerten Schwingen pflügt der Adler die Luft. Und dennoch, Greifvögel erschrecken mich, ich höre mein Herz klopfen, ein wildgewordenes Pferdchen. Ich habe ihn erst jetzt gesehen, er mich schon lange. Ich bin langsam, meine Aufmerksamkeit träge, ich bin seine Beute. Unsere Urahnen in den Höhlen hätten die Gefahr gerochen, ich bemerke den Räuber zu spät. Glück gehabt. Irma grinste, Steinadler fressen Murmeltiere, keine Spielverderberinnen. Eine wie mich mit Haut und Haar verdauen zu müssen dürfte aufstoßen. Für Karl bin ich eine, schlimmer, womöglich eine Verräterin. All die Jahre, all die unbedeutenden Dispute. Als Karl noch klein gewesen war, sein Trotzen und Stampfen, nicht mehr als minütige Intermezzi. Meine wenigen Worte vorgestern sind aber mehr gewesen, als das Kriegsbeil mit Geheul auszugraben, sie waren mehr, als es vor Tagesende wieder verscharrt zu wissen. Einundzwanzig Jahre sorgenfreie Mama-Beziehung, vielleicht sind die für Karl nun vorbei.

Irma beschattete die Augen mit der Hand. Der Steinadler zog rechts über den Grat und war weg. Sie stand einen Moment still. Dann ging sie weiter bis zu einem Holzpfahl, der vor dem Anstieg zum Gletscher die letzte Etappe markierte. Sie stellt den Rucksack auf eine flache Steinplatte, auf eine aufgemalte Wegmarkierung, drei Linien, Weiß-Blau-Weiß.

Die Steinplatte, stellte sie sich vor, ein Gesicht, die Linien eine Kriegsbemalung. Wie oft war sie Karls zuverlässige Spielkameradin gewesen. Sie beide Indianer. Die weiße Linie hatte von Karls Stirn über das Nasenbein zu verlaufen und unter seinem Kinn zu enden. Die blauen zog sie über die Augenlider und die Wangen bis an die Ohren. Die Wimpern verklebt, verliehen sie Karl eine neue Identität, die eines finsteren kleinen Häuptlings. Nur, wie sollte ein Häuptling bestehen ohne Blutsschwester? Karl hatte sich an ihr Gesicht gemacht: dieselben Farben, weiß-blauweiß, die Linien jedoch unterbrochen, das war der Standesunterschied.

Irma knotete ihr Kopftuch auf, klemmte es zwischen die Knie. Sie entwirrte ihr gelocktes Haar, faltete das Tuch, burgunderrot mit weißen Punkten, legte es sich über die Stirn und band es im Nacken wieder zusammen. Sie stampfte mit dem linken Bein auf. Ein Steinchen hatte sich im Profil des Bergschuhs verkeilt. Es blieb stecken, sie ließ es sein. Sie löste die Lederriemen am Rucksack und verkürzte sie um ein Loch.

Der ausgetretene Weg wurde zum ausgewaschenen Pfad, bildete eine enge hohle Gasse, die sie zu kleineren Schritten zwang. Schon bald war sie mitten im Hang und brachte die Steigung hinter sich. Unter dem Hemd hob und senkte sich ihre Brust. Ihr war angenehm warm. Der Wind kühlte ihre Hände. Gegen Norden weitete sich das Hochtal. Der Gletscher füllte das ganze Tal. Irma stand über dem schmalen Gletschervorfeld, es war nicht größer als ein Tennisplatz.

Eis ist hier Raum, dachte sie. Eis ist hier Zeit. Ich stelle mir vor, Eis atmet. Ein Jahrhundert ein Atemzug, ein Jahrtausend stetes Ein- und wieder Ausatmen, die Berge ringsum weichen, damit sich das Eis ausdehnen, damit es ausharren und ruhen kann bis zur Schmelze, zur Transformation, wenn es zu Wasser wird und das Hochtal verlässt. Es atmet immer weiter, müsste atmen können, denn Wasser wird wieder gefrieren, zu Eis werden und Eis dehnt sich aus. Füllt dieses Tal.

Links von Irma, parallel zum Weg und nur getrennt durch eine Senke, verlief der Grat der Seitenmoräne. Herbi hatte Karl nie Märchen erzählt. Folianten hatte er ihm heimgebracht. Mit Luftaufnahmen von Savannen und Fotos von Klammeräffchen mit traurigem Blick, von Weltallnebeln, Wüsten und Gletschern im Himalaya, natürlich von den Alpen.

Er hatte seinem Sohn erklärt, Seitenmoränen seien wie Innenmoränen, Obermoränen, abgelagerte und wandernde, junge und alte Moränen Bestandteil vom glazialen Inventar, von allem, dem ganzen Zubehör, das es brauche, damit ein Gletscher zu einem Gletscher würde und Menschen über ihn reden könnten, weil sie alle dasselbe meinten.

Irma wechselte auf die Moräne, die nicht mehr als zwei Schuh breit war. Neben ihr der steile Abhang, loser Schotter, bis zum Gletschervorfeld hinab waren es zwanzig Meter. Sie versuchte sich vorzustellen, wie viele Jahre der Schutt zugedeckt gewesen sein muss, auf dem sie, Mutter und Witwe, Jahrgang 1910, nun stand, bevor der Gletscher den Schutt an die Talseite drückte, ihn auftürmte. Irmas Zeitvorstellung versagte kläglich.

Vielleicht ist es einfacher, dachte sie, wenn ich in anderen Dimensionen denke, in der Lebensspanne eines Gebirges etwa, dem Entstehen und Verschwinden von Urmeeren. Über diesen Schutt schob sich der weiße Koloss mit seinem elefantösen Gewicht und füllte den Talkessel, er rieb sich an dieser Flanke, grobes Gestein schob er weg, zermalmte, was nicht nachgab.

Irma atmete tief ein. Sie blickte hinunter zum Verlorenen Tal, durch das sie am Morgen hinauf gewandert war. Zurück auf dem Weg griff sie nach der Landkarte und faltete sie auseinander. Der Mittelfalz war zerrissen. Herbi hätte die Rissstelle sorgfältig mit Klebeband geflickt. Er hatte jede Karte vor einer Wanderung auf Schwachstellen überprüft. Herbi, vergib mir, dachte Irma, ich werde mich bessern, morgen. Irma fand ihren Standort am rechten Blattrand, das Verlorene Tal, das es nicht gab. Die Höhenlinien, dicht aneinandergedrängt, deuteten es an. Eine längliche Vertiefung. Die dunkle Schraffur der Felswände. Der blaue Strich, der Bach. Ein Tal. Ohne Namen. Auf keiner Karte unter keinem Namen gab es dieses Tal. Die Frau an der Rezeption im Hotel, eine Einheimische, sagte, man gehe darin verloren oder finde das Paradies. Mit dem Zeigefinger folgte Irma dem Wanderweg am Gletscher entlang. Kaum mehr Anstieg, ein Spazierweg. Irma schätzte, einen Kilometer, etwas mehr, dann rechts hinauf zum Pass. Sie sah zum sattelförmigen Übergang. Der Rückweg über den Pass wäre länger, führte aber durch ein sanft abfallendes Tal hinab ins Dorf. Derselbe Weg zurück durch das Verlorene Tal und die enge Schlucht ersparte ihr hingegen Stunden, sie wäre vor dem Abendessen zurück, und Karls Sorge würde sich in Grenzen halten. Ihr bliebe Zeit. Hier.

Irma stieg wieder auf die Moräne. Sie streckte die Arme aus und schritt über den Grat. An einer Stelle schnürte ein Wildwechsel auf das Gletschervorfeld hinab. Gämsen und Steinböcke am Gletscher? Kamen sie in der Nacht? Die schwarzen Silhouetten der Tiere, bei gelbem Mond am leuchtenden Eis? Unter Irmas linkem Schuh lösten sich plötzlich Steine. Alles gab nach. Sie rutschte in die Tiefe. Am Fuß der Moräne, auf dem Hintern sitzend, lachte sie auf. Blickte um sich. Wenn Karl sie sehen würde. Sie stand auf. Wischte die Hände am Rock ab. Karl würde sagen, du bist wieder da, und dann würde er verstummen, manchmal dauerte es Tage bis zur Schelte, die oft kurz ausfiel, aber dass sie kam, darauf war Verlass. Sie dürfe nicht, sie könne nicht, alleine, da hinauf. Sie dürfe nicht, würde er sagen, sich wiederholend, wenn seine Worte wie Wassertropfen auf Entengefieder an ihr abperlten. Sie würde lächeln. Er würde lächeln. Und jetzt? Sie war weg und da war mehr. Ein

Streit. Ein Zerwürfnis. Herbi, dachte Irma, hätte von Karl verlangt, dass er auf mich hört. Selbst wenn Herbi den Grund für meinen Ärger nicht ganz verstanden hätte, selbst dann hätte er den Herrn Sohnemann barsch zurechtgewiesen, er habe auf seine Mutter zu hören, Herbi hätte sich so lange wiederholt, bis Karls schmale Schultern zu beben begonnen hätten, sein solides Wesen weinerlich geworden wäre. Herbi mit seinem legendären Gepolter, Karl hätte mir fast leidgetan. Herbi ausgesetzt zu sein und auch mir, der Verursacherin des Streits. Ich, die Karl warnte, dass ich Therese von der Heirat mit ihm abraten würde. Inzwischen hielt sich Irmas Mitleid in Grenzen. Auch, dass Karl sich Sorgen machten könnte um seine abtrünnige Mutter, die aus dem Hotel verschwunden war. Zu Hause, wenn Irma aufgewühlt war, lief sie zum Wasserwerk. Das war Karl bekannt. Hier jedoch könnte sie überall hingegangen sein. Er kannte sich hier nicht aus, sie waren Gäste.

Irma sprang über ein untiefes Bachbett. Der Gletscher war zum Greifen nah. Ein sehr gepflegter Kiesplatz, dachte sie, der Gletschergärtner mit Rechen und Latz ist hier mit Sorgfalt am Werk. Wäre ich blind, knirschte es laut in meinen Ohren, es hörte sich an, als beträte ich die Gartenterrasse einer Wirtschaft. Das kompakte Eisschild überragte Irma um Manneshöhe. Irma berührte das Eis. Es fühlte sich klebrig an. Sie zog die Hand zurück, als hätte sie sich verbrannt.

Herbi hätte gesagt, der Gletscher sei ein rundliches Riesentier, aber sie, sie wäre eine große Frau. Er spielte gerne auf ihre physische und psychische Größe an. Herbi reichte ihr bis unter die Stirn. Irma schlenderte zum Gletschertor, einer hellblauen, gähnenden Öffnung, die von innen heraus pulsierend und kühl zu leuchten schien. Der Gletscherbach führte wenig Wasser.

Er fließt wie beiläufig an mir vorbei, dachte Irma, er plätschert mir eilig davon, spült Steinchen um Steinchen zur Seite, lässt sie mitkullern, er ist zuversichtlich, dass es ihm auf dem Weg zum Flusssein, als Fluss einmal, gelingen wird, größere Steine, ach was! – ganze Felsen auszuwaschen, wegzuschleifen, abzutragen und zu formen. Er will zum Meer. Irma folgte dem Bach hin zur senkrecht abstürzenden Felswand. Das Wasser glitt über die Kante. Irma warf einen Blick in die Tiefe. Hörte das Tosen. Sah den Bach auf Steinplatten klatschen. Auf einem Felsvorsprung violette Blumen. Irma setzte sich hin, in sicherem Abstand zum Abgrund. Sie wusste die Blüten unter sich. Unbarmherzig hart ist diese Wand, und doch, dachte sie, bietet sie Blumen Platz. Sie erzittern im Wind. Sie riechen die Welt.

Annina

Was tut sie hier, fragt sich Annina und fühlt, wie Hitze aufwallt beim Gedanken an Melli, die krank im Backpacker's liegt. Melli hatte sich durchgesetzt mit Gletscherwanderung ganz ohne Bikes. Wenn es nach Annina gegangen wäre, wäre sie nicht hier, aber sie hatte keinen passablen, alternativen Vorschlag gehabt und Melli überzeugte mit bedeutungsschwangerem Tonfall, wie sehr sie sich freuen würde, mit Annina zu einem Gletscher wandern zu können. Hiken, Biken, alles einerlei, Hauptsache, sie beide, und Melli hatte gelacht.

Der Tag wäre nicht nur träge geworden, wenn sie mit Melli unten geblieben wäre, heiße Schokolade schlürfen, plaudern mit ihr, der Lady Zerbrechlichkeit im braunen Wollschalwickel und mit glänzenden Äuglein, der Tag hätte ein weiteres unnötiges Nachgeben mit sich gebracht.

Darum macht Annina die Tour alleine.

Annina war heute Morgen bloß dagestanden. Hatte Mellis Blick gemieden. Sie war von sich selber ein wenig überrascht gewesen. Auch wenn Mellis Ideen und Vorstellungen sie nicht immer überzeugen, lässt sich Annina doch meistens auf sie ein. Melli kann begeistern. Sie ist unternehmenslustig. Annina ist Mellis bester Kumpel. Melli erzählt ihr alles und will die Freizeit mit ihr verbringen. Wie gestern: Melli redete. Kommentierte das Abendessen. Empfahl einen Film. Am Tisch nebenan zwei ältere Frauen. Nettes Personal. Ein gemütlicher, unaufgeregter Abend. Melli redete weiter. Sorgte sich um einen Freund. Erwähnte Therapiemöglichkeiten, die ihm helfen könnten. Irgendwann wurde Annina abgelenkt. Von den Frauen nebenan. Von der Art, wie sie diskutierten. Die eine, die sprach. Die andere, die fragte. Melli redete. Kritisierte neue Ladenöffnungszeiten. Witzelte über gestrandete Konsumenten. Die eine Frau überlegte, antwortete. Die andere nickte, sie doppelte nach. Die eine ergänzte. Die andere argumentierte. Die eine beschwichtigte. Die andere lächelte. Melli nahm einen Schluck Ingwertee. Melli sagte, sie habe Kopfschmerzen. Annina sagte, sie sollten Schlafengehen, morgen früh raus. Melli zögerte. Sie kündigte an, wahrscheinlich auf die Tour verzichten zu müssen. Annina sagte, wir werden sehen.

Lange blieb Melli stumm, als Annina ihr heute früh mitteilte, die Tour ohne sie zu machen. Wenn sie tatsächlich meine, war Mellis Reaktion. Das war's dann. Annina hatte sich die Zähne geputzt, ihre Sachen gepackt. Melli hat sich im Bett verkrochen, als Annina das Hostel verließ.

Annina blickt auf ihr Smartphone. Sie hat Zeit. Links, parallel zum Weg und nur getrennt durch eine Vertiefung, verläuft die Seitenmoräne. Sie muss den Gletscher irgendwann flankiert haben. Annina wechselt auf die Moräne, ihr Grat breit wie ein Blatt Papier. Annina lässt sich auf den Hintern nieder und rutscht im Schutt hinab bis auf festen Grund. Das Gletschervorfeld. Steine. Ein paar Sträucher. Überall Nass.

Annina zieht die Jacke aus und verstaut sie im Rucksack. Ihr Ziel ist der Gletscher. Bis zum Gletscher sind es mehrere hundert Meter, stellt sie fest, aber wie macht sie das, ohne zigmal entscheiden zu müssen, wo entlang gehen, welcher Pfütze ausweichen, welche Sandbänke anpeilen zwischen den Steinen, diesen praktischen Antirutschzonen. Keine Spur von einem Trail. Ein Trail würde weggespült, der würde den Launen des Wassers zum Opfer fallen, und überhaupt: nur sonderbare Gestalten verlassen den Weg, um sich das alles aus der Nähe anzuschauen, Frauen wie sie. Sie geht über die Ebene, die sich dehnt mit jedem Schritt, der Gletscher flieht, rückt kaum näher. Die Abwesenheit des Windes weitet den Raum. Es ist wie Gehen am Sandstrand. Man kommt nicht vom Fleck. Man denkt, eine Fläche queren sei ein Spaziergang. Man sinkt kaum merklich ein und jeder Schritt wiegt wie zehn. Die Wärme schwer wie Blei. Der Weg als Ziel. Um etwas getan zu haben bis zum Abend. Annina geht und stellt sich vor, man geht am Strand, man geht durch eine Wüste, man geht über Flächen wie diese.

Den Gletscherbach, wo das Wasser knietief ist, überquert Annina mit einem ausladenden Schritt. Ihre Hartgummisohlen werden umspült. Erdklumpen lösen sich als hellbraune Spuren, die sich im Gurgeln verlieren. Dort, wo das Gletschertor sich wölbt, da will sie hin, dann zur anderen Talseite für die kleine, wohlverdiente Rast. Nach zehn Minuten ist sie am Gletscher. Das Eis überragt sie um einen Kopf. Milchfarbenes Eis, Eiswürfelfarbe.

Wie viele gäbe der Gletscher her? Annina versucht sich ihn vorzustellen, zerstückelt in Milliarden Würfel, zwei auf zwei Zentimeter, auf sämtliche Champagnergläser der Welt verteilt, die eingeschlossene Gletscherluft perlende Proseccoblasen. Ein Glas in der Hand macht mutig, viel mehr wird möglich. Sie denkt an die Arbeit, sieht sich im Großraumbüro, am Laptop im Newsroom, im hinteren, durch palmenartige Pflanzen abgetrennten Bereich, die anderen schon beim Apéro zur Pensionierung des Facility Managers. Sie sieht sich, wie sie Wörter in die Tastatur hackt und die Überflüssigen raus, wie sie um Sätze ringt, die zu schnell entstehen mit zu vielen Zeilen, nur um gleich wieder amputiert und zusammengestaucht zu werden. Der Artikel über die Jahresbilanz des neuen Onlinehändlers wird in einer halben Stunde am Großbildschirm zwischen vielen Artikeln gelistet sein. Von ganz unten wird er um Ränge nach oben schnellen. Die Anzeige ihres Like-Status eine Eins, dann eine Drei, Acht, 23 und bevor sie mit den anderen anstoßen wird, vielleicht bereits eine 66. Ihr Mund, der trocken wird. Der klar strukturierte Satz mit dem roten Faden, der in einer Gehirnwindung entwischt. Sie hört Gläserklirren und das Schuffeln der Schlange vor dem Buffet. Anstatt sich über die Zunahme des Reingewinns im Sommerquartal eine Erklärung zurechtzulegen, was so ziemlich das Einzige ist, was die Leserschaft interessieren dürfte, anstatt sich in Alarmzustand zu versetzen, dass sie den Text nicht rechtzeitig abschließen könnte, wandern ihre Gedanken zum Buffet.

Was dort los ist, verunsichert sie. Passende Häppchen auswählen. Sich entscheiden müssen zwischen Altbekanntem, heißen Frühlingsrollen, Trockenfleisch, fettigen Salznüsschen und Exquisiterem wie Kräuterbrioche oder Dips mit rohem Gemüse. An Apéros, an denen sie teilgenommen hat, ist Annina aufgefallen, dass Schlangen vor Buffets stocken, wenn beim Anstehen Sprüche geklopft werden, wenn diesem geheimen, allgemein verinnerlichten Code gefolgt wird, mit Sprüchen wie mit Rettungsankern zu hantieren, um Momente zu überbrücken, in denen noch keine angenehm fließende Konversation in Sicht ist. Auch, dass man sich in Schlangen höflich, eigentlich aber desinteressiert nach Sachverhalten erkundigt. Inhalte verschickter E-Mails den Empfängern persönlich mitteilt. Schilderungen der Konkurrenz zu Projektzwischenständen zuhört. Alle lassen sich darauf ein. Annina glaubt beim Buffet das raumfüllende Schweigen des Buchhalters zu hören, dem nie etwas einfällt nach einem langen Tag, das meckernde Lachen des First Level Supporters und die entzückten Laute der paar Tapferen, die kaum etwas gegessen haben, weil ihnen tagsüber die Zeit dazu gefehlt hat. Wenige auf der Redaktion machen Mittagspause, wie es das Reglement vorsieht.

Annina sieht sich am Computer. Wie sie sich anstrengt, weiterzuschreiben, sich sagt, wer mitmacht, ist dabei. Sie eigentlich aber heim will, wenn sie fertig ist.

Der Bach, nun ein medusenähnliches Netz von Wasserläufen aus Durchbrüchen, Kanälen, Spalten. Annina gelangt zum Gletschertor, einer schmutziggrauen Halle. Das Gletschertor ist ein Schlund und aus ihm quillt der Bach. Ins Gurgeln mischt sich das hohle Aufschlagen von Tropfen, die in kaltem Takt von der Decke fallen. Jeder Tropfen ist Gletscher. Hier entwischt die Zeit. Annina zieht den Kopf ein, als sie sich unter den hohen Baldachin stellt. Die sichelförmige Kante über ihr ist ausgefranst. Sie ist bestückt mit aufgereihten Steinen, erbsengroß bis Fußballformat, die herausgeschmolzen und zum Rand getragen, auf dem Gletscher liegen geblieben sind. Etliche ragen in den Himmel, stehen kurz vor dem Fall.

Ihr Blick streift die eisige Wand. Die eingeschlossene Kälte. Unter der blassblauen Oberfläche sieht sie Flecken, erstarrte Tropfen. Annina schaudert. Seitlich wie hin gekippt ein Haufen Abbruchmaterial, Crushed Ice, Eisstücke, faustgroße Gesteinsbrocken, die sich aus der Decke gelöst haben müssen. Dahinter klafft eine Spalte, die in einen Tunnel führt, ein versiegender Bachlauf, ausgedienter Gletschermund. Ein Gemenge von Bachbettinnereien und ineinander verkeilten Holzstücken – bizarr verformte, verklumpte Dinge.

Annina fragt sich, wie Holz dahin kommt, denkt, dass ein Adler einen Ast fallen gelassen hat. Mit ihren Krallen transportieren Adler selbst Lämmer über Gletscher. Vielleicht ergäbe das eine Story. Lämmerräuber. Überblickbare Recherche, Überlieferungen dürften vorhanden sein. Sie müsste sich mit Adlern befassen, einen Ornithologen mit Fragen löchern oder Wikipedia für erste Inhalte konsultieren.

Bevor Annina es hört, spürt sie es, mitten in ihrem Bauch: eine Detonation, ein gewaltiges Donnern, etwas zerbirst, gefolgt von einem tiefen Rumpeln irgendwo im Eis. Annina rennt ins Freie.

Sie entfernt sich vom Gletscher, dreht sich dann um. Sie glaubt, von einem Eisabbruch oder einem sich bildenden Riss Zeugin geworden zu sein, sie fürchtet, dass sich der ganze Klotz verschiebt.

Weit hinten im Tal sieht sie an einer Felswand eine Staubwolke, die sich auflöst und die hellen Gesteinsbrocken in der Blockhalde, die vor Sekunden noch Teil des dunkelgrauen Berges gewesen sind. Annina legt ihren Handrücken über Nase und Mund. Sie presst die Lippen auf die nach Sonne riechende Haut. Nibbelt am Nagel des kleinen Fingers. Lässt den Berg nicht aus den Augen. Als von der Staubwolke nichts mehr zu sehen ist, als nichts bleibt als das Rauschen von Wasser, quert sie das Kiesfeld. Einmal klettert Annina auf den Eisschild, meterhoch ist er nur noch an ein, zwei Stellen. Sie denkt, dass sie auf einer überdimensionierten Zungenspitze steht. Auf einer mehrfach gespaltenen Zunge. Nass und sabbernd.

Auf der anderen Talseite steigt Annina in den Hang. Bald liegt der Gletscher unter ihr. Sie folgt einem alten Weg. Von wem wurde er benutzt, fragt sie sich, von Menschen, Tieren? Der Weg führt sie zu einem ovalen, wuchtigen Felsblock. Er ist von einem hellen Band durchzogen und ähnelt einem großen schwarzen Ei. Annina kraxelt auf ihn hoch. Sie setzt sich in einen Teppich aus Gras. Umklammert ihre Knie und stützt das Kinn auf. Schaut. Die Landschaft. Das Eis.

Sie denkt, dass im Film jetzt Streicher einsetzten und es melancholisch würde, die Perspektive sich änderte, zuerst alle sähen, was sie sieht, Hochgebirge, Gletscherlandschaft, dann sähe man sie auf dem Steinklotz aus der Vogelperspektive, ihren blonden Schopf, Arme um die Knie geschlungen, ihre Trekkingschuhspitzen, die Kamera schwebte weg von ihr und hinauf, von unsichtbarer Hand gelenkt, sie würde kleiner, winzig, sie löste sich auf im Ganzen. Annina kramt Vollkornbrot und eine Packung Aufschnitt aus dem Rucksack, einen zerdrückten Beerenriegel und einen Energydrink. Sie reißt die Verpackung auf, die Schutzfolie fällt auf eine Blume im Gras. Sie ist mehr Knospe als Blüte, spiralförmig verschlossen. Nachdem sie gegessen hat, legt sich Annina hin. Über ihr der Himmel. Es ist still. Das Fehlen von Geräuschen wird durch das Rauschen des Bachs verstärkt. Sie hört ihrem Atem zu, dem Bach, der penetranten Ruhe, der Wärme, schon fast Hitze, die sticht. Ihr Atem ist klein. Sie tastet nach dem Rucksack. Sie macht die Musik an, die sie beim Biken hört. Der Beat passt zu Herzschlag und Adrenalin, zum unmittelbaren Augenblick, wenn sie Hänge runterrattert. Der Sound generiert die benötigte Aufmerksamkeit und verhilft ihr beim Biken zum geschärften Blick. Wirklich schlimm gestürzt ist Annina noch nie. Der Sound im Kopf lässt nicht zu, dass sie abschweift. Selbst jetzt nicht. Dennoch schlummert sie kurz weg, alles rückt in den Hintergrund. Dann ist Annina wieder drin im Beat und setzt sich auf. Nimmt die Kopfhörer ab. Die Stille. Das Wasserrauschen. Annina schließt die Augen. Wenn sie die Augen öffnet, denkt sie, ist es wie vorher. Sie öffnet sie. Ein leichter Wind kommt auf. Eine Jacke hat sie mit. Ein Paar Socken. Keine Handschuhe. Ein Stirnband, keine Mütze. Keinen Schal oder Thermowäsche. Sie weiß, dass das alles zu einer bergtauglichen Ausrüstung gehörte. Sie hätte die Checkliste runterladen sollen. Wenn sie sitzen bliebe, würde sie trotz warmem Herbsttag frieren. Ein Wetterumbruch im September: da besteht immer die Möglichkeit von Schnee. Annina würde erfrieren. Wenn sie einen Unfall hätte, würde sie erfrieren. Man schläft ein, es ist schmerzlos. Melli würde die

Polizei alarmieren, im schlimmsten Fall, wenn sie nicht zurückkäme, sie nicht erreicht werden könnte, weil sie in einem Funkloch steckt. Morgen, spätestens um neun, normalerweise ist sie dann auf der Redaktion. Die würden sagen, Annina ist krank, die meldet sich nicht ab. Um halb zehn bekäme der Chef den Anruf. Nicht von Melli, Melli täte das nicht, sie könnte nicht, ihr Zustand ließe es nicht zu nach einer üblen Nacht voll Bangen und Hadern, denn Melli, davon ist Annina überzeugt, hätte sie trotz Kopfschmerzen begleiten können und Annina wäre nichts passiert. Ein Polizeibeamter riefe den Chef an. Fassungslosigkeit und echte Tränen. Darüber, dass sie nicht mehr wäre. Nicht mehr, das hieße für sie selber, dass sie nicht mehr wüsste, dass sie existiert, also ist. Sie wäre ganz einfach nicht mehr, Körper noch auf kurze Dauer. Auf der Redaktion stellte sich eine beschämte Stimmung ein, eine merkwürdige Aufregung, von ähnlichen Ereignissen erzählen zu wollen, die viele schon erlebt haben, über dieses Unfassbarste, wenn jemand lebendig ist und plötzlich tot. Es hilft nie, zu sagen, das ist das Leben und der Tod gehört dazu. Er gehört nicht dazu.

Annina denkt weiter darüber nach, wie das

wohl ankäme, die Nachricht ihres Ablebens. Bedauern mischte sich bei etlichen ein, eine schmerzliche Reue über verpasste Chancen, ihr Potenzial erkannt haben zu wollen. Sie gemocht zu haben. Annina nimmt das Smartphone aus der Hosentasche. Kein Empfang. Sie verzieht den Mund. Ihre Augen suchen den Übergang, den Pass, den sie heute noch machen könnte. Ihr Blick bleibt am Panorama hängen mit seinen Graten und Bergspitzen.

Irma

Der Abgrund war beeindruckend und furchteinflößend. Irma ging zurück zum Gletscher, da war ihr wohler. Sie dachte, ich habe richtig entschieden. Einfach losziehen, mich auf die Karte verlassen. Sie dreht sich um die eigene Achse, lächelte. Ich kleine Große in kleinkariertem Hemd.

Irma legte den Kopf in den Nacken, ihr Kopftuch verrutschte, es packte sie leichter Schwindel, die wattigen Wolken, gegenüberliegend der grasbewachsene Steilhang, weit hinten, mittendrin, ein markanter Felsblock.

Herbi hätte dort picknicken wollen, beim ovalen Felsblock, der wie ein zu groß geratenes, geschwärztes Ei über dem Gletscher hockt, unbeeindruckt, wenn dieser ächzt. Mit Herbi säße ich dort. Wir würden schweigen. Irmas Blick schweifte über den Felsklotz und zum Ursprung des Gletschers, über den Gletscherabbruch unter einer senkrechten Wand, das thronende Firnfeld, die schroffen Zacken, die sich im Himmel verloren, und über die Talseite, die sie hochgekommen war, den Weg zum Pass. Sie hielt inne. Ich hier vor dem Gletscher, dachte sie, ich zu seinen Füssen, Teil seines majestätischen Spektakels. Seine Hoheit ist zwar eisiger Gebieter der Berge, aber an Ort und Stelle zu verharren, das hat er. Ich, meine Wenigkeit, kann weg, ich kann überall hin, mich allem zuwenden. Den Graten und Lücken. Den Kreten. Diesem sonnigen, kühlen Herbsttag. Sie machte ein paar Schritte vom Gletscher weg, um die Bergarena besser sehen zu können. Die Kappen ihrer Schuhe bohrten sich in den Kies. Keine einzige gerade Linie, ein wildes Rauf und Runter. Trägt ein Grat einen Namen, kann man sich orientieren, dachte sie, man fängt zu unterscheiden an und findet sich zurecht. Gipfel haben Namen. Sterne auch. Pflanzen tragen Namen, deutsche, lateinische, Menschen werden auf einen Namen getauft. Milchkühe. Hunde. Seen. Flüsse. Namen können Bezug schaffen. Mein Sohn heißt Karl. Irma zog den Rotz hoch, wischte sich mit dem Taschentuch die Nase.

Sein Taufkleidchen war zu groß gewesen, erinnerte sie sich, Herbi hatte schallend gelacht, sein Sohn verloren im schneeweißen Stoff. Der Herr Pfarrer hatte Karls Stirn benetzt, und Karl wuchs auf und durfte erfahren, was es heißt, umsorgt und geliebt zu werden. Karl erschien Irma plötzlich rätselhaft. Sie war immer davon ausgegangen, dass weitergegeben wird, was einem gegeben wurde. Ihr Sohn hätte lieben lernen sollen.

»Er sollte lieben lernen«, sagte Irma nun leise zu sich selbst. Sie putzte mit dem Ärmel ihre Brille. Hielt sie gegen das Licht. Seufzte. Die Gläser waren noch wolkig. Sie leckte sie ab, polierte sie mit ihrem Speichel, hauchte. Setzte die Brille wieder auf. »Unbedingt«, sagte sie.

Irma querte die Talsohle. Die Kiesfläche endete abrupt und ging in den Steilhang über. Sie stieg hoch über Steinblöcke und Grasnarben. Es klackte hell, als sie auf eine Platte trat, die nicht auflag. Auf einem Wildwechsel blieb sie stehen. Unter ihr lag der Gletscher. Irma wusste nun, wie sie von Schönem reden konnte: wenn sich nur ein Wort in ihrem Kopf festsetzte und jedes andere eins zu viel gewesen wäre, wenn nur die fünf Buchstaben s-c-h-ö- n beschrieben haben wollten, was sie sah. Er ist gezeichnet von dünenhaften Buckeln und Senken. Von Schrunden, Schraffuren, ich sehe Spuren peitschenden Windes. Der Gletscher ist überzogen von Rissen. Wie ein erstarrter, weißer Lavastrom füllte er den Talkessel.

Wer hat dieses Tal mit Eis gefüllt, fragte sich Irma. Wolken waren es gewesen. Im Gletscher sind Wolken zu Eis erstarrt. Irma folgte dem kaum sichtbaren Wildwechsel. Er führte sie zum Felsblock. Immer wieder blickte sie auf den Gletscher.

Wahrlich, ein gepanzertes Riesentier, es liegt mir zu Füßen. Zu Hause, dachte sie, ist es der Kanal. Zum Gletscher hinab sind es fünf Meter, an den Kanal drei oder vier. Irma mochte dessen ruhige Strömung, das gemächliche Fließen. Und trotzdem trügte der Schein. Nie hätte Irma im Kanal schwimmen wollen, im Herbst etwa im alten Laub, bis zum Rechen beim Werk und dort hängenbleiben, in all den Geschichten treiben müssen, die das Wasser mit sich trug. Es gab nur ein Wasser auf der Welt. Das Wasser von heute war das Wasser von gestern und morgen, es flutete die Erde als Regentropfen, Fluss und als Kanal, bei ihr daheim. Beim Schwimmen nahm man sie auf, die Geschichten, und dann trockneten sie ein auf der Haut. Etwa die von den Kindern kurz vor Kriegsende: Der Kanal war ihre letzte Etappe vor der rettenden Grenze, sie mussten ihn durchschwimmen, die Brücken waren weg, die hatte man vorsorglich abmontiert. Es war die Geschichte vom Weiß ihrer Augen in der mondlosen Nacht, die Geschichte ihrer Angst. Wasser war verschwiegen. Es floss träge dahin, und nur wenn Irma im Kanal schwämme, wüsste sie, was aus den Kindern geworden war. Andere Geschichten waren greifbarer. Der Regenschirm neulich, kopfüber mit abgespreizten Stangen, wer hatte ihn wann verloren und weshalb? Wurde er in den Kanal geworfen trotz neuer Deponie im Wald? Er glitt an ihr vorüber und verschwand hinter der Biegung aus ihrem Blickfeld. Oder die Geschichte vom Wäschekorb, Karl musste fünf gewesen sein: Nach starkem Regen trieb ein Wäschekorb im Kanal. Eingeprägt hatten sich in Irmas Erinnerung Karls bebende Lippen, der Rotz auf seinem Sonntagshemd. Sie hatte Karl damals mitgenommen, sie musste raus, Herbis Eltern hatten abgesagt. Sie mit ihm am Kanal, seine kleine Hand in ihrer. Karl hatte den Wäschekorb zuerst gesehen, wie ein sinkendes Schiff halb unter mit abgerissenem Tragegriff, im spröden Geflecht hatten sich Äste verfangen und eine Seifenblase, die sich zum Werk tragen ließ, wo sich beim Rechen Seifenblasen millionenfach türmten, luftig in buntem Farbenreigen vereint. Zuerst hatte sich Karl gefreut, als er den Wäschekorb entdecke, dann kam er ins Zaudern, das war ihr Wäschekorb, es war dieselbe Machart, Karl begann zu weinen. Sie fragte, warum er traurig sei. Sein Weinen klang verzweifelt. Bis sie verstand. Er stotterte, sprach von den Kätzchen zu Hause im Wäschekorb, die nun nass geworden sein mussten, weil der Korb, der schwamm nun da im Wasser, und sie waren nirgends, die Kätzchen waren nicht mehr im Korb. Irmas Beteuerung, dass der Korb nicht ihr Korb sei, weil jeder Haushalt einen gleichen besäße, brachte ihn nicht ab von seinen schrecklichen Gedanken, ihre Wärme beruhigte ihn nicht, als sie ihn an sich drückte, nicht ihre Hand, die über seinen adrett gekämmten Scheitel strich. Erst der Anblick der schlummernden Kätzchen daheim überzeugte Karl, dass nichts passiert war.

Karl war als Kind um andere besorgt gewesen. Tiere sollten so leben, wie es ihrer Natur entsprach. Sie sollten das tun dürfen, was sie tun müssen. Selbst um den Holzbock sorgte er sich, der in einer Brennholzkiste in die Stube getragen worden sein musste. Herbi hatte seinem Sohn den Käfer zeigen wollen, bevor er ihn hinausbeförderte. Karl bezichtigte Herbi größter Gemeinheit, einen Käfer in die kalte Nacht auszusperren. Oder die Sache mit Richi. Auch für den Nachbarsbuben war Karl eingestanden. Dessen Vater stand vor der Tür, der Kleine weigerte sich, nach Hause zu gehen. Karl hatte sich damals nicht vor Richi hingestellt, weil er selbst länger Indianer spielen wollte. Hätte Richi heim wollen, hätte Karl ihm an der Tür zum Abschied gewunken. Aber Richi hatte nicht nach Hause gewollt. Das alleine zählte. Karl war um andere besorgt gewesen. Heute aber. Irma sah auf dem Gletscher sich windende Formationen, Dünen aus Eis. Strömungen unter der Oberfläche. Vom Wind verformte Höcker.

Heute, sinnierte Irma weiter, befürchtet Karl, dass seine Verlobte ihn zu wenig umsorgt, falls sie tut, was sie tun will, um auch nach der Heirat glücklich zu sein. Ist das Liebe, ganz nüchtern betrachtet? Ich habe Karl doch lieben gelernt. Irma klemmte die Daumen unter die Trägerriemen ihres Rucksacks.

Sie vermutete, dass Therese gar nicht wusste, was vorgestern geschehen war. Karl hatte bei Irma zum ersten Mal darüber gesprochen, wie er sich die Ehe vorstellte. Irma war Karls Übungsfeld, bevor es ernst wurde. Ihre Ahnung hatte sich vorgestern dann auch bestätigt. Natürlich interessierte er sich für all die praktischen Haushaltsgeräte, und seine Freude war aufrichtig, wenn sie Irma den Alltag erleichterten. Natürlich hatten sie vereinbart, dass sich Irma nur dann für einen Waschautomaten entscheiden würde, wenn er bei den ersten Waschdurchgängen dabei war. Aber dass er vorgestern darauf gepocht hatte, noch vor dem Urlaub schon wieder waschen zu wollen, das kam alleine von ihm. Seine braune Hose, das blaue Hemd, alles sauber. Karl wollte mit ihr reden, bevor sie in die Berge fuhren. Dazu brauchte er einen

Vorwand, ein Umfeld, wo es sich leichter über Dinge sprechen ließ, die schwer lasteten. Er wollte sich sprechen hören, wissen, wie er klang als Ehemann in spe, der seiner Verlobten eröffnete, was er von ihr erwartete. Immer habe ich Karl in seinen Anliegen ermutigt, dachte Irma, dass ich nun kein Verständnis gezeigt habe, damit hat er nicht gerechnet. Ich ja auch nicht. Dass er zwei Stühle in die Waschküche hinuntertrug und mir gespielt galant einen Platz anbot, die Bedienungsanleitung lasse sich sitzend besser studieren, das war doch eher ungewöhnlich. Und eigentlich doch nicht. So sind wir. Irma war irritiert gewesen. Nicht, dass sie beide in der Waschküche vor dem Waschautomaten saßen. Karls Lächeln wirkte aufgesetzt. Er lächelte ein Herzklopfenlächeln vor der Generalprobe. Erleichternder Umstand – zumindest musste er sich das so ausgedacht haben –, würde das wohlwollende Publikum sein, die eigene Mutter, und jede Mutter stand hinter ihrem Sohn. Seine Mutter war auch nie erwerbstätig gewesen. Sie würde seine Meinung teilen, dürfte er sich überlegt haben: Therese brauchte keiner Arbeit nachzugehen. Es wäre Verschwendung. Die Fähigkeiten einer Frau, insbesondere Thereses Stärken, ihre Hingabe und Wärme waren Grundstein für ein glückliches Familienleben. Vertraut mir Karl auch künftig, fragte sich

Irma. Ich wäre untröstlich, wenn nicht. Irma war beim ovalen Felsblock angelangt. Er war mit Gras und kleinen, blauen Blumen bewachsen. Böte Platz zum Sitzen. Ein Band hellen Gesteins durchlief den Felsen von unten schräg nach oben. Irma befeuchtete ihre Fingerspitze und fuhr über die hubbelige Textur. Ein salzhaltiger Einschluss, an dem Tiere leckten, um stark zu sein?

Irma lehnte sich an den Stein. Die Hände in den Rocktaschen. Sie fühlte den festen, rauen Stoff.

Annina

Im Verlorenen Tal, woher Annina gekommen ist, sind Wolken aufgezogen und haften an den Felswänden der Schlucht. Sie bricht auf. In Bildern zur Bildschirmsperrung leuchten Gletscher in intensivstem Weiß. Sie denkt, dass der Gletscher frisch zugeschneit attraktiver wirken würde, es gilt nun, Sujets zu finden, die dennoch etwas hergeben.

Auf einer Granitplatte platziert sie den Rucksack, im Hintergrund der Gletscher. Sie fotografiert ihren Rucksack mit baumelndem Zottelmännchen am Deckelfach. Sie setzt sich dazu. Sie fotografiert sich und ihren Rucksack, grinst. Sie zoomt das Gletschertor. Die Kante. Sie fotografiert Flechten auf einem Stein. Ockerfarben, blassgrün, Miniaturkorallen. Sie fotografiert einen Käfer, der ins Bild krabbelt. Sie weiß, bei einer Aufräumaktion löscht sie die meisten Bilder. Aus einem Wald könnte der Käfer stammen, aus dem Hinterhof wo sie wohnt, aus Japan oder eben von hier. Er ist schwarz, hat viele Beine, sechs, vielleicht auch acht? Er verzieht sich unter einen Stein. Auch diese Tour hält Annina fest. Sie hält alle Orte fest, an denen sie gewesen ist. Wie kürzlich. Die Inseln im See. Sie hat Fotos gemacht, als sie eine Stunde allein war. Schwalben auf einer Stromleitung sitzend. Im Wasser stehende Weiden. Ein leckgeschlagenes Fischerboot. Sie hatte sich treiben lassen im Touristenstrom, der wie ein Schwarm leinwandzersetzender Insekten über ein Gemälde herfällt: über die Häuschen. Engen Gassen. Barocken Gärten. Selbst über die Wellen, die der Betrachter an Hafenmauern platschen hört. Ausschwirren, um Schönes festzuhalten bis zum Ablegen des nächsten Linienbootes.

Annina ist über dem Gletscherende. Sie überlegt, ob sie über das Schotterfeld zurückgehen oder eine Gletscherquerung machen soll. Sie bräuchte eine Gletscherbrille, mindestens Stöcke, einen Eispickel, Steigeisen und Sicherungsmaterial, ihre Stirnlampe mit Kamera für scharfe Szenen in gähnenden Gletscherspalten. Sie denkt, dass sie es mit der Headcam tun würde. Aber die liegt zu Hause auf der Garderobenablage. Und

Annina ist alleine. Eine Seilschaft wäre ein Muss. Was auch dagegen spricht: sie kennt weder Downhillkitzel beim Biken, noch empfände sie bei einer Gletscherquerung den unmittelbaren Kick. Nie erlebt sie das. Beim Biken spürt sie weder ein Kribbeln, noch ergreift sie Taumel. Dafür hat sie die Cam. Die fängt alles ein, jagt den Moment. Erst nach einer Tour, sie weiß nicht warum, beginnt ihr Puls zu flattern und sie ist sicher, sähe sie sich von außen, ihre Pupillen würden weit, ihre Augen würden sich verdunkeln, wenn sie sich am Bildschirm sieht auf dem fast senkrechten Downhill-Trail: ihre Hände, Finger und die Knöchel, die Sehnen, mit Haut überspannt, funktionierende Hände, die sich an die Lenkergriffe aus Hartkunststoff klammern. Wenn sie gepresstes Schnaufen hört, ihren Atem im gepolsterten, hellgrünen Helm, sie trotz Extra-Profil sieht, dass das Vorderrad nicht greift, Schliddern über Wurzeln, die gefederte Gabel fängt Schläge auf, kopfüber alles, rasend verwackelte Blitzbilder, Gestrüpp, Totholz, Laub, ein Sturz nun höchst wahrscheinlich, spürbar die entfesselten Kräfte, Anspannung, die verlässliche Mechanik von Kontraktion und Tonus. Es gelingt, den Sturz abzuwenden, mit Geschick, natürlich Glück. Das Bild wird ruhig. Die

Kamera hält eines nach dem anderen fest, koordiniert, nichts mehr von Gleichzeitigkeit. Die Nadelkurve, die Senken, die Wurzelausläufer und feuchten Stellen. Sie hört sich, dieses Schnappen nach Luft. Die Verletzlichkeit. Erstaunen. Wie sie spitz lacht.

Annina steigt runter zum Gletschervorfeld. Steht bald im Kies. Alles nackt. Kahl. Vor kurzem war da Eis. Weit vorne, am Horizont, dürftige Sträucher, dann der Abgrund, den sie beim Aufstieg gesehen hat, eine senkrechte Felswand, wo sich das Wasser in die Tiefe stürzt. Hinunterschauen. Ein Bild vom Gletscherbach im Fall. Eins vom Gletscher, wie ausgeleert liegt er hinten im Tal.

Die Distanz ist beachtlich. Gletscher auf dem Rückzug hinterlassen Ödnis. Der Bach zu ihrer Linken fließt hektischer und stürzt in den Abgrund. Sie schaut hinab. Der Wasserfall. Im Sonnenlicht glitzern Tröpfchen. Auf einem Felsvorsprung wachsen Blumen. Die Tiefe. Nichts. Ein frischer Wind schlägt Annina ins Gesicht. Sie denkt ans Fliegen. Wenn sie im Flugzeug sitzt und der Wind an den Flügeln rüttelt, das Flugzeug sie durch den Himmel trägt. Hier trüge sie nichts. Die Blumen blühen gelassen. Sie fotografiert. Die Weite, den Talgrund. Sie kehrt um. Sie denkt, dass sie zum Abschluss beim Gletschertor fotografieren wird. Von unten rauf in Froschperspektive. Man sieht ihr Kinn, Augen, die hohe Stirn und über ihr der Baldachin mit Himmel. Annina marschiert zurück. Ihre Gedanken wandern wieder zum Fliegen. Sie im Flugzeug. Der Montag, morgen, der käme auch, aber er liefe anders ab. Annina verreist gerne, weil sie dann mal nicht auf der Redaktion ist, nicht zu Hause vor dem Spiegel im Badezimmer steht, nicht in Toni's Bar, locker am Ecktischchen sitzt, auf eine neue Bekanntschaft wartend, aus der dann doch nichts wird. Wie Ende Juli. Zu warten fand sie schon immer unerträglich, an diesem Abend war es die reinste Tortur gewesen. Sie hatten sich mehrere Wochen geschrieben. In seinen langen E-Mails verzichtete er auf Verkaufsargumente, auf Adjektive wie feinfühlig, humorvoll oder spontan, die aus einer konturlosen Gestalt den potenziell perfekten Partner machen. Er erzählte kleine Begebenheiten. Worüber er nachdachte. Hakte nach, wenn Annina in ihren Schilderungen vage blieb.

Annina war aufgeregt gewesen. Ihn wollte sie kennenlernen. Dann stand er vor ihr. Setzte sich neben sie auf die schmale Bank. Alles war sehr unkompliziert. Sie sagten sich Hallo, bestellten Getränke. Sie redeten. Der übliche Gedanke blieb aus, ob das nun der Mann war, jetzt neben ihr, noch unvertraut, den sie in zwanzig Jahren nicht mehr würde ausstehen können mit seinen Eigenarten, wie er beim Kauen geräuschvoll runterschluckte, wie er sich schnäuzte, Äußerlichkeiten, in der Phase des Kennenlernens noch verborgen, der eingewachsene Nagel am linken großen Zeh, sein Doppelkinn, solches Zeugs. Annina überlegte auch nicht, wie sie auf eine Einladung reagieren würde, auf ein Essen anschließend in einem anderen Lokal inklusive der Option, im Bett eines Mannes zu landen, den sie kaum kannte. Sie platzierte keine kecken Fragen, um der Konversation Würze zu verleihen. Annina brauchte sich nicht anzustrengen. Sie genoss die erste halbe Stunde.

Bis er stockte. Er einer Frau beim Eingang zuwinkte. Diese an ihr Tischchen trat. Er und die Frau Belangloses zueinander zu sagen versuchten. Sich anblickten. Schwiegen. Sie mussten sich nahegestanden sein. Vertrautheit lässt Smalltalk nicht zu. Die Frau wünschte einen schönen Abend und ging in den Raum, der an die Bar angrenzte.

Annina und er sprachen zwar weiter. Aber Pausen schlichen sich ein. Er schien sichtlich irritiert. Um die Lücken zu füllen, begann er, Annina Fragen zu stellen. Über ihre Ausbildung, Biken, das sie mal erwähnt hatte. Sie antwortete. Lächelte. Der Kellner servierte ihm ein weiteres Bier, ihr eine Rhabarberlimo.

Annina hatte ihn nie mehr gesehen. Seine Nachricht nach dem Treffen hatte sie ignoriert. Es hätte sich herausstellen können, dass sie tatsächlich keine Bedeutung für ihn hatte. Zu verreisen wäre gut. Weg aus der Stadt, in der sie lebt, in der sie ihm über den Weg laufen könnte. An einem fremden Ort sein ist gut. Es hieße keine Redaktion, kein Spiegel im Badezimmer, kein Toni's. Zumindest so lange, bis sie auch in der Fremde ankommt. In einem Gästezimmer mit Bad und einem Spiegel an der Wand. An einem Ort mit Bars, die sie nicht aufsucht, weil sie niemand erwartet. Am allerbesten ist der Akt des Verreisens. Weder hier noch dort sein. Das Fliegen an sich. Der Start. Take-off. Abheben. Sich rausnehmen aus allem. Der Erdanziehung ein Schnippchen schlagen und sich lösen vom Boden, dem Gehen und Rollen auf Trottoirs und Straßen, vom Kaffee trinken und Lächeln, Bangen, vom Rumrutschen auf ergonomischen Bürostühlen und dem Starren auf den Bildschirm. Annina spürt ein Prickeln, wenn das Flugzeug zur Startbahn rollt, über kleinste Unebenheiten holpert und die schmalen Enden der Flügel wackeln. Wenn das Flugzeug am Kopf der Piste in Position steht und nichts passiert, bis der Pilot die Meldung vom Tower kriegt, dann die Triebwerke aufheulen, wenn dieses Geräusch sie richtig aufwühlt, im Wissen, sich freiwillig eingesperrt und angeschnallt zu haben, um mitsamt weichem Kunststoffsitz und fremden Menschen und der ganzen Kabine in die Luft gehoben zu werden. Der Augenblick, wenn sie den Kontakt zum Boden verliert.

Irma

Irma legte den Stoffsack ab, schnitt eine Scheibe Brot und belegte sie mit Wurst, die rauchig und würzig roch. Sie begann zu essen. Trank aus der Wasserflasche. Schwierig seit Herbis Tod waren nicht die einsamen Momente, sondern die der Fülle. Wie jetzt, wo sie sich an einem Ort befand, der auf sie stark wirkte, wo sie sich selber abhandenkam, an dem sie selbst den Zwist mit Karl vergessen konnte. Wenn sie einsam war, vermisste sie Herbi nicht. Einsamkeit war nie geteilt gewesen. Sie vermisste Herbi, wenn sie glücklich war.

Leise summte Irma vor sich hin. Eine Melodie war in ihrem Kopf. Steinerne Töne, die wummerten, und kalte, die glasklar sirrten, und da waren die satten Töne in edlem Blau, wie die Blumen auf dem Felsblock und neben ihr im Gras.

Sie streckte die Hand aus und streifte über die Blüten.

Es ist das Lied des Alpen-Ehrenpreis, dachte sie. Herbi hätte mich gefragt, was ich da singe. Ich bin nicht am Singen, ich summe, hätte ich geantwortet. Und wo liegt der Unterschied, hätte er wissen wollen. Es ist wie beim Kennenlernen, hätte ich erklärt. Einzelne Töne nisten sich ein, manchmal schlüpft auf Anhieb eine kleine Melodie. Wenn ich sie summe, lote ich aus, ob daraus ein Lied werden kann, und bleiben die Töne bei mir, nehmen sie Gestalt an, werden zu einem Körper, oder sie entwischen dann doch auf Nimmerwiedersehen. Und nun, hätte er wissen wollen, wird daraus ein Lied? Es wird ein Lied, hätte ich gesagt.

Irma pflückte ein Alpen-Ehrenpreis. Die kräftig blauen Blütenblätter waren von einem fahlen Weiß eingefasst. Die Blume trägt den Schnee in sich, dachte sie. Irma sinnierte weiter: Ich hätte zu singen begonnen. Ich hätte Herbi singend angekündigt, Ehrenwertester, lauschen Sie dem Lied vom Alpen-Ehrenpreis. Herbi hätte sich zurückgelehnt, die Augen halb geschlossen und er hätte zugehört. Ich hätte die Blume besungen, deren zierliche Gestalt, wo sie wächst, und welche Saiten sie in mir zum Klingen bringt, die rührige, die staunende. Ungelenk wären die Gedanken gewesen, nicht ausformuliert oder in eine lyrische Form gebracht, schon gar nicht immer passend zur Melodie, die wäre mal zu langatmig und die Wörter zu kurz gewesen und es hätte unpassende Leerstellen gegeben. Irgendwann, ich bin mir sicher, hätte Herbi mit brüchigem Tenor geantwortet, eines unserer Duette hätte zu fliegen begonnen. Er hätte von anderem gesungen, vielleicht wäre ich zur Blume geworden, zur Eisprinzessin, zur Gletscherfee. In Lachen auszubrechen, das hätten wir strikt unterlassen, opernhaft ernst wären wir geblieben und Herbi wäre aufgestanden, hätte mich an den Händen gefasst und vor diesem Felsblock wären wir gestanden auf einer großen Bühne, hätten die Arme ausgestreckt, Vibrato in den Fingerspitzen, in unseren Stimmen, unseren Blicken, eine wunderbare Geste der Inbrunst, und der Gletscher wäre zum Publikum geworden, mucksmäuschenstill hätte er unserer Arie von der Alpenblume gelauscht, die denjenigen mit dem Preis belohnt, einen Blick ins Paradies werfen zu dürfen, der sie nicht pflückt, und Herbi hätte sich für die Galanterie und gegen das Paradies entschieden, er hätte mir selbstverständlich ein Sträußchen überreicht und das Drama hätte seinen Lauf genommen, bis Ideen für weitere Strophen irgendwann ausgeblieben und wir einvernehmlich verstummt wären. Dann hätten wir uns angeschaut, uns schüchtern zugelächelt. So sind wir gewesen.

Irma betrachtete die Blume in ihrer Hand. Sie steckte sie in die Außentasche des Rucksacks. Sie schaute auf den Gletscher. Packende Stille. Als ob der Gletscher wüsste, dachte sie und war froh, dass sich etwas in ihren Gedanken einnistete, was sie umgab und nicht Vergangenes, das klammerte. Der Gletscher wirkt, überlegte sie, als ob er längst wüsste, dass sich die Erde dreht seit dem Anbeginn der Zeit und er sich auf ihr drauf. Alles dreht auf ihr mit, über kurz oder lang. All die Kriege, die getobt haben und noch über die Welt hereinbrechen werden, Machtübernahmen, die nächste eine kommunistische, ausgelöst durch verrückt gewordene Generäle, die sich nie geborgen fühlen durften, all die Geschehnisse drehen mit, die die Menschheit nicht zur Ruhe kommen lassen, die sie antreiben, sie tanzen eine Weile ihre widerlichen Reigen, bis die Fliehkraft sie ins All befördert. Der Gletscher aber dreht weiter mit auf der Erde. Er wird bleiben.

Irma packte den Rucksack. Das Alpen-Ehrenpreis war welk geworden. Sie legte es auf einen Stein. »Ich lass dich«, sagte sie und brach auf. Irma wollte zur Stelle, wo das Tal anstieg und der Gletscher über einen Felsrücken floss und das Eis durchzogen war von Querspalten. Würde sie einen Blick in die Gletscherspalten werfen können?

Irma folgte dem Wildwechsel. Als er sich im Grün verlor, hielt sie die Richtung. Der Tisch der Gämsen, dachte sie, ist da oben reich gedeckt. Sie fragte sich, weshalb sie hier nicht weitergingen, der schmale Trampelpfad so plötzlich endete. Vielleicht gab es im Tal nur diesen einen Felsblock mit Salzeinschluss. Gierig geworden, dürften die Tiere weitergegangen sein auf der Suche nach noch mehr Salz, aber nichts gefunden haben. Der Felsblock lag weit hinter ihr. Irma rechnete mit einer Stunde, um zum Wanderweg auf der anderen Talseite zurückzukehren.

Es wird dunkel sein, dachte sie, bis ich im Dorf bin. Aber noch bin ich voller Tatendrang. Selten war ich so nahe am Eis. Irma folgte der Höhenlinie. Auch wenn die Böschung steil abfiel, sie würde nicht weit rutschen. Am Gletscher, nur wenige Meter unter ihr, käme sie zum Halten.

Das Gelände stieg an. Hier strömte der Gletscher über den Felsrücken, er haftete am Felsen. Klaffende Risse. Die Gletscherspalten verliefen parallel. Schrunden, die sich allmählich wieder schließen würden. Eine war auffallend breit. Sie reichte in die Mitte des Gletschers, wo sie gegen Südwesten abknickte. Die Rückwand war von der Sonne beschienen. Spiegelglatt, blau. Im Wasser, in all seinen Formen, überdauern Geschichten, dachte Irma. In den Weiten der

Ozeane, im schlammigen Grund im Kanal. Im Schnee, der vom Himmel fällt und die Erde lautlos zudeckt, im Gletscher, dieser immensen Masse gefrorenen Wassers. Wie geht es sich über Geschichten im Eis?

Annina

Die Sonne steht hoch, die Wärme drückt. Keine Ausweichmöglichkeit. Nur kleinste Sträucher, die in ihrer Dürftigkeit stecken bleiben. Steinwüste. Nichts, das ablenken könnte. Wieder denkt Annina an morgen. Ihr Weg bis dahin ist etappiert. Zurück zum Gletschertor, dem Wanderweg, hinab ins Tal, ins Backpacker's, Melli, die Heimreise mit spätem Ankommen, das eigene Bett, Aufstehen und so weiter.

Irma

Bevor sie umkehrte, wollte Irma auf den Gletscher. Schon hörte sie Karls Stimme, seinen freundlichen Tonfall, das gelegentliche Räuspern, ein untrügliches Zeichen, wenn er aufgewühlt war. Sie alleine da hinauf? Ob sie noch bei Sinnen sei? Die Bergwanderungen mit Vater, die sie gemacht hatte, das war etwas anderes gewesen. Sie wusste, er würde sich sorgen.

Irma dachte, ich werde ihnen nur nebenbei, zwischen Hauptgang und Nachtisch, als Randbemerkung von meinem Spaziergang auf dem Eis erzählen. Auch wenn es mich reizt, Einzelheiten zu beschreiben, Karls Tadel mag ich mir nicht anhören. Ich ertrage das nicht. Was ist aus ihm geworden? Ein Mann, der erwartet, dass sie sich nur in Begleitung in gefährliches Gelände begeben darf. Gefahren, die in seiner Phantasie existieren, er, der keine Ahnung von Bergtouren hat. Er, der von seiner Verlobten permanente Präsenz erwartet, ihm zuliebe und den Kindern, die sie haben werden. Aus ihm ist ein Mann geworden, der sich nicht in andere hineinversetzen kann. Oder nicht will. Denn die Bedürfnisse anderer verstehen heißt auch immer, ein paar Federn lassen zu müssen. Eigennutz und Vorteile aufgeben, sich hinterfragen, die eigene Position im Ganzen erkennen.

Irma schmunzelte. Sie sagte: »Irma analysiert.« Wie gerne schilderte sie Karl ihre Erlebnisse. Auch heute würde es wieder so sein. Irma dachte, ich muss mit ihm sprechen. Heute Morgen hat Therese von Karl bestimmt wissen wollen, was vorgefallen war. Sie muss bemerkt haben, dass Karl etwas bedrückte. Ich war ja nicht beim Frühstück. Karl muss es ihr erzählt haben. Jetzt weiß sie, dass ich Karl gedroht habe, ihr von der Heirat abzuraten, wenn er ihr die Anstellung im Direktionssekretariat des Stadttheaters verbieten sollte. Wahrscheinlich war ich zu direkt. Aber da war der Glanz in ihren Augen. Therese freut sich, will am Theater arbeiten. Bei mir war das anders. Ich hatte nie das Bedürfnis verspürt, einer Arbeit nachzugehen. Nur auf Herbis Drängen hin schloss ich die Ausbildung als Damenschneiderin ab. Als ich Herbi kennenlernte, hatte ich nur Heiraten im Kopf. Therese ist Therese. Sie will Karl und sie will das Theater. Warum auch nicht? Wie oft werden Menschen nachtragend und eng im Herzen, wenn ihnen der Freiraum fehlt, um sich selber kennen und schätzen zu lernen. Zuneigung schenken, Unterstützung bieten, das lässt sich nur tun, wenn man sich selber mag. Irma reckte ihr Kinn. »Irma philosophiert«, sagte sie.

Annina

Annina erreicht das Gletschertor. Sie dreht sich um, geht langsam rückwärts, platscht durch den Bach unter den Baldachin an die Kühle. Sie schreitet weiter, bis sich die Eiswände in ihr Blickfeld schieben. Was, wenn der Gletscher sie in sich hineinzöge?

Als Kind mochte sie die Geschichte aus der Bibel vom Walfisch und dem Mann namens Jakob oder Jonas, den Namen konnte sich Annina nicht merken. Mit wohligem Gruseln hatte sie sich den Schrecken vorgestellt, den der Mann empfunden haben muss, als ihn der Wal verschluckte, seine Angst vor dem schwarzen Sog. Der Mann muss den glitschigen Rachen gespürt, das Pochen des Blutes in den armdicken Adern des Wals gehört haben. In dieser tranigen Existenz von einem Fisch, der ihn einverleibte, den nichts aus der Ruhe brachte, schon gar nicht ein leckerer kleiner

Gaumenschmaus, ein Mensch. Bewundert hatte Annina die Gelassenheit des Mannes, wie er im Fischbauch ausharrte. Sie erinnert sich an eine Comicversion der Geschichte: der Mann namens Jonas oder Jakob saß im Fischbauch an einem Holztisch. Eine Kerze brannte und warf seinen Schatten an die Rippen des Wals.

Annina tropft es auf den Kopf. Sie zieht sich die Kapuze über. Sie sieht den Himmel, die Bergflanke. Annina malt sich aus, wie es wäre, im Eis zu übernachten. Melli hat das mit ihrem Ex gemacht. Ein Wochenende in einem Iglu mit Fellen und Fondue verbracht. Wie lebte es sich in einem Gletscher-Home? Die Öffnung des Gletschertors eine Glasfront. In Wolldecken auf einem Flauschsofa. Aussicht ins Blaue. Der Boden transparent, all das Kies und der Bach unter einer dicken Glasplatte. Extravagant Wohnen. Annina hat über einen Typen gelesen, der an der irischen Westküste in einer Steinhütte auf einer Klippe lebt. Das Bild und ein Zitat von ihm sind hängen geblieben. Ein großer Raum mit Blick auf das Meer, und er hat gesagt, dass er nicht am Meer, sondern das Meer in ihm wohne. Menschen am Meer, Menschen im Gletscher. Selbst in Baumkronen in schwindelerregender Höhe leben merkwürdige Gestalten,

Baumbesetzerinnen. In zusammengezimmerten Verschlägen im Blätterdach ausharren, das Nest mit Zecken teilen, die an Beinen hochkrabbeln und die man erst zu spüren kriegt, wenn sie zugebissen haben. Annina wohnt in einem Studio in einem Mehrfamilienhaus. Es hat eine Tür, die zuverlässig schließt.

Annina denkt, dass der Gletscher von ihr Besitz ergreift, sie alleine dadurch frieren lässt, indem er sie umgibt, sie Absurdes denken lässt, Dinge wie Felle im Eis. Annina weiß nicht, ob sie ihre eigenen Vorstellungen mag. Worüber ließe sich sonst nachdenken? Ein Rieseln. Schräg über Annina löst sich ein faustgroßer Brocken. Erschrocken springt sie zur Seite. Sie versucht das Loch in der bröselnden Decke zu fotografieren, festzuhalten, was sich zuträgt. Als Annina fotografiert, denkt sie, dass es sinnlos ist, was sie tut. Nichts kann sie festhalten. Entweder ist man da, oder man begnügt sich mit dem Gletscher in der Totalen, Eisbrocken neben Trekkingschuh. Bilder lassen sich mitnehmen. Erleben eigentlich nicht. Außer sie hätte die Cam mit. Dann hätte sie kommentiert, erklärt, was hier abging. Das wäre hautnah dran gewesen.

Annina will runter ins Tal.

Irma

Irma stand auf dem Gletscher. Nur eine handbreite Spalte trennte den Eisschild vom grasbewachsenen Hang. Hier war der Gletscher flach und hart. Er trug. Irma schürfte über die dünne, raue Schneeschicht. Schnee vom letzten Winter. Irma auf dem Gletscher. Das gleißende Licht. Sie hier. Als dränge sie in fremdes Territorium ein. Als beträte sie Neuland, käme verspätet an ein Fest und alles stünde ihr bevor, begrüßen, ins Gespräch kommen, sich zum Teil des Ganzen machen. Eine Locke kitzelte Irmas Stirn. Sie schob sie unter das Kopftuch. Nur schon den Arm anzuheben verunsicherte sie. Sie könnte das Gleichgewicht verlieren. Ausrutschen.

Irma glaubte Herbis Stimme zu hören, wie er sie erstens nicht hätte gehen lassen oder nur in seiner Begleitung, und zweitens, wie sie zwischen seiner Sonnenbrille, seinem Wanderstock und einem hitzigen Wortgefecht hätte wählen können, sie, die mit einer Sonnenbrille, seiner schwarzen schon gar nicht, keinen Fuß vor den anderen setzen konnte. Ihre Sehschärfe war zu schlecht. Sie bevorzugte, geblendet zu werden. Ihre Augen würden sich an das Weiß gewöhnen. Irma kniff die Augen zusammen. Und sie hätten sich wegen dem Wanderstock mit der Metallspitze gestritten, den sie am Morgen bei der Teepause auf der Alp liegen gelassen hatte. Irgendwann hätte Herbi wutentbrannt geflucht. Sie aber losziehen lassen.

Irma machte die ersten Schritte. Sie ging langsam, den Blick konzentriert auf ihre Schuhspitzen gerichtet. Die oberste Schicht, ein Zentimeter, zwei vielleicht, waren angetaut. Feinste Körnung. Ein Belag, auf dem sich gut gehen ließ. Um sich zu vergewissern, dass sie Kurs auf die Gletscherspalte hielt, blieb sie bald stehen. Oberstes Gebot, dachte sie, ist, Senken zu vermeiden, Stellen nämlich, wo Spalten waren oder welche gewesen sein könnten, solche, die längst wieder verschwunden waren. Trotz Sonnenschein war es auf dem Gletscher kühl. Auf Irmas Armen bildete sich Gänsehaut. Sie rollte die Hemdsärmel ab und knöpfte sie zu. Zog die Wandersocken hoch bis zum Rocksaum. Die Wolle wärmte angenehm. Irma blickte auf und um sich. Legte weitere Meter zurück. Das blendende Licht trübte ihre Sicht. Sie befand sich plötzlich auf leicht abschüssigem Terrain. Eine Senke, die sie übersehen hatte. Eine lächerlich geringe Neigung. Ausreichend aber, um hinzufallen. Nirgends war etwas, an dem sie sich hätte festhalten können. Irma blieb stehen.

Annina

Die Anspannung, nicht zu wissen, wann ein Gletschertor in sich zusammenfällt. Im Zeitraffer aufzeigen, dass aber genau das passiert. Annina verliert sich in der Vorstellung, den Zerfall eines Gletschertors zu dokumentieren. Eine Reportage der besonderen Art zu machen. Annina erinnert sich an den Kriegsreporter, der an der Fachhochschule dozierte. Ein ausgesprochen höflicher Mann mit dem üblichen Dreitagebart. Seine Aussage, dass auch im Krieg nicht andauernd was laufe, das hatte Annina verblüfft. Häufig hieße es warten. Sein Thema war die Anspannung gewesen. Nie zu wissen, wann er wo zu sein hatte. Oft war er zu spät gekommen, Gefechte bereits vorüber.

Sie schaut hoch zur Kante, die den Himmel zerschneidet, mustert die Eisdecke, sie weiß um die Steine über ihrem Kopf. Was sie da macht, gesteht sie sich ein, ist Wahnsinn. Dennoch. Eine Zeitrafferreportage. Drinnen und draußen platzierte Kameras. Sie, die einen Helm trüge, wenn sie hier stehen würde. Live-Ticker aus dem Schlund des Gletschers, dem Epizentrum des Geschehens. Meine Damen und Herren, hören Sie, wie es tropft? Sie, in bester Tonqualität in die Kamera lachend. Bis zum Wintereinbruch würde sich alles verändert haben, hundertprozentig wäre der Baldachin durchlöchert und freie Sicht zum Himmel an diversen Stellen garantiert. Im Frühjahr befänden sich hier nur noch Überbleibsel. Relikte eines Gletschertors.

Annina knipst herum und lässt die Gedanken davonziehen, die Vorstellung einer Gletscher-Reportage, den lockeren Umgang im Team, ein Mikrofon in der kalten Hand zu halten, gefüllte Thermoskannen in Equipmentboxen, das auf ihren Namen reservierte Hotelzimmer neben dem Backpacker's unten im Dorf. Annina verpasst eine Sandbank. Ihr Schuh versinkt bis zum Schaft im Wasser. Sie flucht. Sie geht zum Eisbrocken, der aus der Decke gebrochen ist, der nicht mehr pickelhartes Eis, noch nicht Wasser ist. Annina tritt auf die einzelnen Stücke, sie tritt sie flach, bis alles zertrümmert ist. Als sie klein gewesen war, im

Vorfrühling, zerschlug Annina mit der Plastikschaufel zugefrorene Pfützen. Gab es nochmals Schnee, schippte sie ihn vom Rasen, wo sich die ersten Krokusse zeigten. Sie hasste diese Zeit. Es war weder Winter noch Frühling. Sie wollte, dass es vorwärtsging. Sie half der Natur etwas nach.

Annina umgeht die Stelle, wo der Bach knöcheltief ist. Sie hat nasse Füße. Sie fährt sich durch das feuchte Haar.

Irma

Hastig schlug Irma das linke Bein in die oberste, leicht angetaute Schicht. Mit Herbi war sie oft in Steilhängen unterwegs gewesen. Immer trat sie beim Traversieren seitwärts auf. Parallel zum Gefälle. Verlagerte ihr Körpergewicht auf die Bergseite. Weicher Schnee, weiches Eis, dachte Irma. Weich war das Wort, welches über ihr Schicksal bestimmte. Wenn zutraf, was damit gemeint war, ließ sich die Masse beiseiteschieben und ihr Fuß darin versenken, das war in diesem Moment essenziell, denn es bedeutete, Halt zu finden, verhinderte, dass Irma im dümmsten Fall fiel, in die Senke schlidderte, einem Tiefpunkt entgegen, der irgendwo unten war, ganz weit unten in der Gletscherspalte. Irma ging seitwärts, setzte Fuß vor Fuß, bis sie sich wieder auf ebener Fläche befand. Ging jetzt behutsam vorwärts, im Schleichgang. Sie pfiff durch die Zähne. Vorsicht, Irma, Vorsicht, ermahnte sie sich. Niemandem will sie zur Last fallen, schon gar nicht einem Gletscher. Der kennt kein Pardon. Wer sich hier nicht zurechtfindet, den behüte Gott. Warum habe ich Angst, den Halt zu verlieren, warum liegt mir so viel am Unversehrtsein? Wenn mir etwas zustieße, wäre ich bei Herbi.

Herbi hatte nicht gerne über den Tod gesprochen. Für ihn war da nichts. Weder Himmel noch Hölle. Auch das Paradies existiere nur, wer es sich selber erschaffe, ein Menschenleben lang habe man Zeit dazu, das hatte er an einem Abend in der Küche gesagt, sich das Geschirrtuch über die Schulter gelegt, nach der Pfeife und der Tabakdose gegriffen und sich an den Tisch gesetzt.

Irma schaute zurück. Sie hatte eine beachtliche Distanz zurückgelegt. Vor ihr wieder eine Senke. Sie konnte sie großzügig umgehen. Dann weiter bis zur Spalte mit dem markanten Knick, die sie vom Hang her gesehen hatte. Sie rieb sich die Kniekehle, die Wollsocke juckte. Irma setzte an, eine Melodie zu pfeifen. Ließ es sein. In der Stille wirkten Töne fremd. Sie ging langsam, aber zunehmend sicherer. Begann die Umgebung wahrzunehmen. Die Berge bilden ein gigantisches Nest, in dem der Gletscher eingebettet liegt. Sie nähren ihn, überlegte sie, die Berge geben ihm, was er braucht zum Sein.

Annina

Annina stellt den Rucksack auf einen Stein. Sie legt ein frisches Paar Socken auf den Deckel. Es tropft. Als Blase bleibt ein Wassertropfen im Gewebe aus Merinowolle und Kunstfaseranteilen hängen, platzt, zerfließt. Ein kleiner, dunkler Fleck bleibt zurück. Annina schnürt die Trekkingschuhe auf. Sie sagt sich, dass Zuwarten keine Option ist, dass die Feuchtigkeit die Haut aufweichen und die Zehen bleich und wächsern werden lässt. Annina will trockenen Fußes weiter. Sie will keine Gedanken an die eigene Körperlichkeit verschwenden müssen. Sie will die Füße in weichen Socken mit präziser Passform verpackt wissen, die bei Regenwetter wärmen und angenehm kühlen an einem Tag wie heute, die Annina vergessen lassen, dass sie Füße hat.

    Annina balanciert auf einem Bein, wechselt die Socken. Sie bindet die Schuhe. Die nasse Socke zurrt sie mit dem Fixierband außen am Rucksack fest. Die andere packt sie in einen Allzweckbeutel. Sie schaut auf.

Vor ihr, wie hingekippt, Brocken, Gestein, Geschiebe. Dahinter, halb verdeckt, eine Öffnung, vom Wasser ins Eis gefräst. Aufgehäufter Schotter und Kies. Die ineinander verkeilten Holzstücke. Wie Holz hierhin gelangt, das hat sie sich gefragt, das hat sie auf die Lämmerräuberstory gebracht. Annina fühlt die klamme Scham im Bauch, die sie manchmal befällt, wenn sie zu eifrig wird im Kopf, eine Idee zu munter sprudelt und sich dann doch nicht konkretisiert.

Wenig wird konkret. In Redaktionssitzungen scheitern Anninas Ideen oft. Weil sie ihre Einsätze verpatzt, ihre Vorschläge zu spät einbringt, wenn die Kollegen ihre ausgeschmückten Inhalte längst aufgetischt haben. Aufgetischt heißt gegessen, heißt publiziert, gedruckt, ins Netz gestellt. All den Schmuck, den ihre Geschichten bräuchten, sie müsste üben, sie zu dekorieren und sie mit einer selbstverständlichen Gelassenheit zu präsentieren.

Annina schließt den Rucksack. Sie schaut zu den Holzstücken.

Annina ist bedingt neugierig. Wenn ihr jemand

in einem Interview anstatt die Frage nach dem Geburtsort zu beantworten, vom hart erkämpften Arbeitsplatz des Vaters und dem Gemütszustand der Mutter während einer lieblosen Kindheit zu erzählen beginnt, findet sie das unangenehm. Mit zu Persönlichem kann sie wenig anfangen. Was sie braucht, sind Bausteine für einen Text, der verständlich ist und die Leserschaft bei der Stange hält. Geständnisse und ausgeplauderte Intimitäten, prägende Momente anderer, nur ihr anvertraut, lassen Annina mit einem Nagen irgendwo in ihr drin zurück. Ein Nagen, das sich anfühlt wie eine in einem alten Haus verbrachte Nacht zusammen mit einer Maus, die über dem Bett herumtrippelt, die nagt, und dies ausdauernd, die weghuscht, wenn man an die Holzpaneele schlägt und ihre Tätigkeit wieder aufnimmt, sobald man glaubt, sie gebe Ruhe. Anders ist Anninas praxisorientierte Neugierde. Die ist ihr Navigationsinstrument, um in den trüben Gewässern des Alltags nicht auf Schlingerkurs zu geraten. Auch wenn es Annina eigentlich egal ist, wer mit wem in den Urlaub fährt. Auch wenn es sie nicht direkt betrifft, dass ein Kundenbindungsinstrument die Einnahmen nicht wie erhofft aufpoliert, auch wenn sie die Ehekrise der Dame am Empfang kühl lässt – Annina ist geübt darin, neugierig und wachsam zu bleiben, um den Überblick zu behalten, Wichtiges erkennen und kommen zu sehen, was sich wie verändern könnte, was sich verändert hat. Das kann heißen, dem Chef genau auf die Hände zu schauen, wenn er aus dem Urlaub zurück ist und ihre Weiterbildung nur dann zu thematisieren, wenn seine abgekauten Fingernägel nachgewachsen sind. Das kann heißen, dass sie den theoretischen Ergüssen des Marketingleiters zuhört und ihm Verständnis entgegenbringt, auch Zuversicht, denn er hält viel von ihr und ihr Chef viel vom Marketingleiter, und so lässt sich eine potenzielle Geschichte für die Sonntagsausgabe doch zwischendurch beim Chef platzieren. Annina wird unwohl, wenn sie nicht mindestens ahnt, was eintreffen könnte, sie die Chancen einer Situation nicht erfasst, deren Risiken erkennt. Auch wenn dann alles beim Alten bleibt. Deutungshoheit. Kontrolle. Das ist ihr Ding.

Annina geht auf den Schotterhaufen zu.

Irma

Irma stand vor der breiten Gletscherspalte. Eisströme waren an dieser Stelle aufeinandergetroffen. Ursprünglich gerade verlaufend, war die Spalte weggedrückt worden. Daher der Knick. Eine Wölbung verdeckte Irma die Sicht. Sie sah einen Streifen transparenten Blaus. Die glatte, polierte Rückwand. Wie weit hinab geht es hier, fragte sich Irma, wie verläuft die Gletscherspalte und welche Farbtöne weist sie auf? Ein Schacht, Wände wie abgestochen? Gibt es rund geschliffene Einbuchtungen, seitlich wegführende kleine Höhlen, röhrenartige Gebilde, Trichter, die nirgendwohin führen außer hinunter, noch weiter hinab, zum Spaltenlabyrinth in Milchweiß, Blassblau, Königsblau, und kokettieren die Farben mit dem Lichteinfall, bevor sie zuunterst zu schauderhaftem Grau verschmelzen, die Schwärze sie frisst?

Die Staffelei war die größte Überraschung, die Herbi Irma gemacht hatte. Herbi war immer bemüht gewesen, Irma zu beschenken. An Weihnachten Konfekt. Zum Geburtstag der Strauß weiße Rosen, zum Namenstag und Muttertag ein Überraschungsgeschenk. Bis dahin war es nie etwas gewesen, das sich Irma gewünscht hätte. Noch jedes Mal hatten sie die unangenehme Situation durchzustehen, in dem Herbi dämmerte, dass er sich einmal mehr vertan hatte: Irma besaß bereits zwei Küchenschürzen, die Mutter genäht hatte. Irma hatte bereits einen Lieblingsschal, den gehäkelten, den sie sich an Herbstabenden umlegte oder von Herbi umlegen ließ. Irma hatte alles.

Aber, abgesehen von hübschen Kleidern, Accessoires und nützlichen Alltagsgegenständen, neben ihrem tadellosen Charakter, ihrer Hingabe und Impulsivität besaß Irma noch etwas, das nach Herbis Ansicht bedauerlicherweise brachlag. Irma besass den Narrenblick. Sie war vernarrt in Farben. In Schatten- und Lichtspiele. In tänzelnde Sonnenflecken an der Mauer hinter dem Haus oder am Magnolienstamm im Garten. Irma ging so weit, dass sie die Küchenuhr ignorierte und die Zeit an der Art und Weise, wie das Sonnenlicht die Baumrinde bespielte, an der zerbrechlichen Helligkeit frühmorgens und der trägeren Sattheit der Farben abends, abzulesen begann.

Aus diesem Grund schenkte Herbi Irma eine Staffelei. Ihn interessiere, hatte er erklärt, als sie vor dem unförmigen, in ein Leintuch gewickeltem Geschenk stand, ob Irma zur Malerin tauge. Irmas Freude war aufrichtig gewesen. Dieses Mal hatte Herbi ihr etwas geschenkt, das ihr fehlte. Die Staffelei war ein Jahr lang im Einsatz. Wann immer sie konnte, wenn Karl in der Schule war, bevor sie die Hausarbeiten begann, an Sonntagen, an denen Herbi mit Karl einen Spaziergang zum Tierpark machte, versuchte Irma das einzufangen, woran sie sich nicht sattsehen konnte. Bis sie Herbi und sich selber gestehen musste, dass es Irma, die Malerin, nie geben würde. Die sie bezaubernde Schönheit liege im Wissen, dass sich unweigerlich verändere, was sie sehe. Aber das müsse tatsächlich geschehen können. Wenn sie etwas auf der Leinwand festhalte, verpuffe diese Möglichkeit. Sie wolle nicht malen, sie bleibe beim Schauen.

Natürlich passt du auf dich auf, Irma, artikulierte sie stumm und spürte, wie ihre Zunge ein jedes Wort dieses Satzes einspeichelte, derart wichtig waren sie. Sie hörte sich schlucken. Ging vorwärts. Einen Schritt. Zwei. Drei. Sieben Schritte. Sie stand nun auf der Wölbung. Am Rand der Gletscherspalte.

»Keinen Schritt weiter«, sagte sie, »... oder ich schieße!« Sie hörte sich kichern. Sie hörte die Stille, in der Ferne Wasserrauschen. Sie hörte sich atmen. Das Reiben von Leder auf Baumwolle, als sie ihren

Daumen unter den Trägerriemen des Rucksacks schob. Irma schaute an die glatte Rückwand. Auf dieses makellos blaue Eis. Verschwommen spiegelten sich darin Konturen, die sich direkt unter ihr befanden, die sie nicht sehen konnte. Links, wo die Spalte nach Südwesten verlief, sah Irma klaffende Risse, senkrecht, schräg hinab verlaufend, segelartige Formationen, Flügel urzeitlicher Drachen mit messerscharfen Kanten, die aus dem Eis staken, herauswuchsen, einen speerförmigen Stalagmiten, der ins Leere ragte.

Irma kratzte sich die rechte Kniekehle, zog die Wollsocke hoch. Merkte, dass sie den Halt verlor. Setzte das rechte neben das linke Bein. Sie hörte, wie sie schnaufte. Irma wollte sich drehen, wollte hinter die Wölbung zurück, als sie ausglitt. Reflexartig fasste sie nach, schlug mit dem Bergschuh in den Schnee, aber nicht fest genug. Sie fiel. Ihr ganzes Gewicht. Die Unterlage augenblicklich komprimiert, seifig. Sie schlipfte – die Neigung – ein Schürfen, sie rutschte ab. Ein dumpfer Schlag. Absplitterndes Eis. Ein Aufschlagen, weit unten.

Stille.
Sehr hart, sehr kalt. Dunkel klingt sie.
Stille ist.
Am Firn, im Eis und auf der Hand.

Stille.
Im Gletscher. Der schiebt. Auch zerrt.
Stille ist in sich schon Ton.

Annina

In dem Augenblick, als Annina begreift, sind alle Geräusche weg. Das hohle Aufschlagen fallender Tropfen, das Gurgeln des Wassers, das Knirschen, wenn sie sich bewegt. Annina ist nur Vakuum. Nur Körper. Sie hört ihr Blut rauschen, spürt Pulsschlag, Herzschlag, hart, pochend, sie spürt, wie es in ihr prescht. Sie begreift, dass das kein Holz ist, was hier liegt. Sie erkennt einen Bergschuh mit gut erhaltenem Profil. Annina sieht diesen Bergschuh, der im Schotter steckt. Der getragen wird. Den niemand aus unerfindlichen Gründen verloren hat. Was hier liegt, ist ein Mensch in Bauchlage. Eine mit Steinen und Eisbrocken bedeckte Rückenpartie. Zerrissene Ärmel. Vertrocknete Sehnen wie Leder, die die Knochen eines Arms umschließen. Eine Hand in der Pfütze. Ein Arm, der fehlt. Der Kopf. Nach rechts abgedreht, das Gesicht vom kalten Feuer verbrannt, das Gesicht ist schwarz. Annina wendet sich ab. Fühlt Übelkeit aufsteigen. Sie hält sich die Ohren zu, schließt die Augen. So verharrt sie, Sekunden, vielleicht Minuten. Dann geht sie auf die Leiche zu. Undenkbares ist plötzlich Realität. Annina überwindet sich. Sie starrt auf die menschlichen Überreste. Beschlagene Sohlen. Ein Steinchen klemmt in einer Rille fest. Eine Socke, die bis unter die Kniekehle reicht, die andere ist hinuntergerutscht. Verfilzt klebt Wolle am Schaft des Schuhs. Die Strumpfhose am linken Oberschenkel zerschlissen. Das rechte Bein ist dürr. Seltsam geknickt ragt es in die Luft. Das Kniegelenk muss zertrümmert worden sein. Feuchter, schwerer Stoff, er bedeckt die Hüfte, das Gesäß. Die Zeit hat ein Stoffmuster, eine Farbe, die Zeit hat sie unkenntlich gemacht. Außer dem gewellten Saum. Einem Rocksaum. Die Leiche einer Frau. Annina sieht den ausgestreckten Arm. Die Hand in der Pfütze. Gekrümmte Knochenfinger. Wasser rinnt durch sie hindurch. Wasser, das unablässig aus dem Eis fließt. Der rechte Arm fehlt. Gewaltige Kräfte müssen ihn abgetrennt haben. Die Frau liegt im Matsch. Der ganze Dreck auf ihr drauf, auf ihrem Becken, dem Rücken, die kaputten Kleidungsstücke verblichen. Karierter Stoff pappt am Brustkorb, an den Rippen. Stoff eines Mantels, einer Jacke, wahrscheinlich einem Hemd. Ihr Hinterkopf ist kahl. Nur einzelne gelockte Haarbüschel. Der Kopf der Frau. Greisenkopf. Mumienkopf. Die Gesichtshälfte, die Annina sieht, liegt im feuchten Gemisch aus Sand und Kies. Die Ahnung einst voller Wangen. All der Dreck auf ihr drauf. Das Wasser, wie es fließt, die Tropfen, wie sie fallen, die Frau, die da liegt. Sie halten Annina davon ab, etwas zu tun. Sie beginnt zu schluchzen. Um sie herum all das Eis. Der Gletscher ein Grab.

Annina sucht nach dem Smartphone. Sie sollte die Polizei rufen. Sie wird warten, irgendwann das Rattern eines Helikopters hören. Sie wird auf Distanz zum Wirbel der Rotoren stehen. Annina greift nach dem pinkfarbenen Etui. Sie wird, überlegt sie, zuerst ihren Namen sagen. Annina fällt ein: Hier gibt es kein Netz.

»Scheiße«, ruft sie. Sonst ist das Netz überall. Alles ist vernetzt. Menschen in Einfamilienhäusern mit Menschen in Autos. Menschen auf Traktoren in Maisfeldern mit Menschen beim Anstehen im Supermarkt. Menschen im Kreißsaal mit Menschen auf einer Baustelle. Alles ist Netz. Nur bis hier hinauf reicht es nicht. Sie muss die Polizei kontaktieren. Die müssen sich der Situation annehmen. Sich um die Tote kümmern. Sich um sie, Annina, kümmern. Sie werden ihr zuhören, was sie zu berichten hat. Sie werden sie fragen, ob sie ein Beruhigungsmittel brauche, sie wird sagen können, nein, es gehe schon. Sie möchte, dass das alles jetzt passiert. Annina spürt, dass sie zu zittern beginnt, ein Beben, dass sich in Wellen in ihr breitmacht, sie denkt, dass sie Melli kontaktieren will. Die Redaktion. Schon hört sie das Schweigen des Chefs, bevor er auf die Meldung reagiert, sich um einen sachlichen Tonfall bemühend. Sie weiß genau, er würde sich, kaum hätten sie aufgelegt, die Faust in die Hand schlagen. Sein Tag würde ein guter Tag werden, er würde vielleicht persönlich anreisen. Wenn sich die Aufregung gelegt hätte, gingen sie auf ein Bier in eines der Hotels, bevor sie in die Stadt zurückfahren würden. Er am Steuer. Sie am Notebook. Hellwach, konzentriert. Aber solange Annina da ist, weiß niemand davon. Sie kann es niemandem sagen. Sie ist komplett isoliert. Sie möchte die neue Arbeitswoche beginnen. Sie wünschte sich auf die Redaktion. Auch wenn sie die Sachlichkeit im Stich lassen, ihre Stimme versagen wird, wenn sie davon erzählt. Sie, die dem Tod im Eis begegnet ist. Wie oft möchte sie niemandem sehen, solange ihr Selbst zu klein ist und ihre körperliche Hülle zu groß. Doch jetzt wünscht sie sich zahlreiche Menschen. Sie wird für sie interessant sein.

Sie muss ihrem Chef sagen, dass sie noch einen Tag bleibt, hier zu tun hat. Sie wird die Polizei begleiten müssen. Sie wird eine sehr persönliche Reportage schreiben, die beachtet werden wird.

Annina blickt zur Toten. Ein verklumpter, durchtränkter Menschenhaufen. Nach all den Jahren, behütet im Eis. Wenn das warme Wetter hält, wird die Leiche in wenigen Tagen begraben sein unter schmutzig Aufgetautem, das auf sie herunterfällt. Anninas Blick bleibt am Hinterkopf hängen. Die Vorstellung von einer Frau mit gelocktem Haar, die sich vor dem Spiegel kämmt. Annina schaut weg. Die Vorstellung von einer Frau, die lange vermisst worden ist. Oder längst vergessen ist. Annina denkt, dass alles hinfällig ist.Annina denkt, nicht über solche Dinge nachdenken zu wollen, es versetzt sie ein klein wenig in Panik. Aber es denkt einfach weiter, die Gedanken kreisen unkontrolliert. Ein Körper wird irgendwann des Lebens beraubt von etwas Größerem, das sie nicht kennt, aber auch sie mit sich herumträgt und das eines Tages darüber entscheiden wird, ihre Organe, all die funktionellen Einrichtungen, die sie lebendig machen, einfach abzustellen.

Annina rennt hinaus auf das Gletschervorfeld. Es liegt größtenteils im Schatten. Da ist die Fremde im Gletscher und sie, Annina, die sich alleine glaubte. Annina läuft weg. Sie unterdrückt den Impuls, zurückzublicken. Das Rauschen vom Bach ist laut, bemerkt sie, und es ist überall. Was auch immer man draußen hört, Gräser, die im Wind rascheln, ein Donnergrollen, sich öffnende, klickende Föhrenzapfen, das alles sind unschuldige, neutrale Geräusche. Naturgeräusche. Das Rauschen jetzt ist laut und überall. Der Bach speist sich aus dem Gletscher, der Bach ist der Gletscher und im Gletscher war diese Frau, all die Jahre. Der Bach rauscht von ihrem Totsein und niemand hat es gehört, die ganze Zeit. Annina geht schneller, umklammert die Bändel ihres Rucksacks. Auf dem Hinweg hat sie nichts gesehen. Sie hat sie nicht gesehen. Annina rennt über die Ausläufer des Gletschers. Wie dünne Wurzeln, denkt sie, und dass er lebt und sich festzukrallen versucht, um nicht schwinden zu müssen, um ausharren zu können an Ort und Stelle bis zum nächsten Schnee, der auf ihm liegen bleibt und ihn nährt, aber Eiswurzeln schmelzen und sie tun es gerade hier, dieser Gletscher wächst nicht mehr, er schmilzt nur noch. Im Schotterfeld wird Gehen zur Rutschpartie. Annina stürzt. Sie rappelt sich auf. Beim Aufstieg über die Flanke verfällt sie keuchend in Schritttempo.

Annina ist auf dem ausgetretenen Weg. Sie geht in die Knie mit ihrem Rucksack, diesem Schildkrötenpanzer, und vergräbt den Kopf in den Armen. Sie wiegt sich auf dem Bergweg in Sicherheit. Er wird von Menschen begangen. Von Lebenden. In die eine Richtung führt der Weg zum Pass, in die andere hinunter zur Schlucht.

Annina schaut zurück. Das Hochtal mit dem Gletscher, die Fremde ist in ihrem Kopf. Annina läuft los. In Serpentinen schlängelt sich der Weg in die Tiefe. Sie rutscht aus, verlangsamt das Tempo. Anschwellendes, brüllendes Getöse. Der Bach, verdeckt von einer Steilwand. Als ratschten die Wassermassen am Felsen, als gierte das Wasser nach Raum, getrieben von eiskalten Geistern. Der Bach als Sturzflut, er will hinab ins Tal. Annina denkt, dass sie die Gehetzte ist, den Peiniger im Nacken, sie denkt, dass sie nur eins will, hinab ins Dorf. Vielleicht wird sie bei der Feuerstelle am

Waldrand spielende Kinder sehen. Kühe unterhalb der Sesselliftstation. Einen Lieferwagen, die Müllabfuhr. Annina weiß, wie erleichtert sie sich fühlen wird. Aufgekratzt wird sie sein.

»Krass«, flüstert sie.

Annina erreicht das Verlorene Tal. Es ist eng, langgezogen. Es plätschert der Bach. Erst dann kommt die Schlucht mit ihren zerklüfteten Flanken, der Abstieg zur Alp. Hoch oben vereinzelte Lärchen im Sonnenlicht. Annina sieht das Leuchten in den Bäumen vor blauem Himmel, sie denkt, dass die Autonomie, zu sehen was sie sehen möchte, beschränkt ist, sie denkt, dass ihr das Gedächtnis diktiert, was sie zu sehen hat, und wieder ist es da, das Bild, eingebrannt auf ihre Linsen. Annina sieht zwar Lärchen, Glanz, gleichzeitig auch: Haarbüschel, einen Hinterkopf, da oben im Matsch, ein in den Nacken gerutschtes Kopftuch. Annina stellt sich vor, dieses Kopftuch aufzuknoten. Der Stoff würde reißen, wenn man an ihm zöge, jetzt, wo er Sauerstoff ausgesetzt ist nach Jahrzehnten im Eis. Kopftuchknoten. Der Kopf der Frau. Deren Körper.

Am Tag, als Annina geboren wurde, war die Frau schon lange tot. Auch damals, im Frühling, als

Annina vom Dreirad stürzt, sich die Nase bricht, war sie drin im Gletscherbauch. Als Annina mit zwölf im Maisfeld raucht, die Frau, sie bleibt auf ewig eingeklemmt. Es könnte die erste Liebe gewesen sein, Annina bitter enttäuscht, der Gletscher hat der Frau den rechten Arm zerquetscht, dann abgetrennt. Annina macht das Abitur, sie, die Frau, umhüllt vom Knarren in der Winterstille. Als Annina auszieht, Bersten, Dröhnen, die Frau, Sommer im Gletscher. Im Januar, als sich Annina auf der Redaktion vorstellt, ist die Frau am Ende der Reise durch das Eis angelangt.

Frische Bergluft könnte sie riechen. Jetzt, wo sie draußen ist. Jetzt, wo Annina sie gefunden hat.

Annina denkt, dass es der Frau unangenehm wäre, das Kopftuch nicht sitzend zu wissen, es nicht richten zu können und dass man sie so sieht. Annina kehrt um. Ohne lange nachzudenken. Marschiert dem Bach entlang zurück durch das Verlorene Tal. Bringt die Steigung ein zweites Mal hinter sich. Nach einer Stunde ist sie wieder auf dem Gletschervorfeld, beim Gletscher am Fundort. Sie steht unter dem Baldachin.

Neben der Frau kniet sie nieder. Es riecht nach nassen Kleidern und etwas anderem, ihr Fremdem, Annina riecht den Tod. Im unteren Deckelfach ihres Rucksacks ist das gelbe Baumwolltuch verstaut. Sie hat es mit für den Fall, dass der Sonnenhut vergessen geht oder wenn sie sich verletzt, als Druckverband. Sie streicht es auseinander und beugt sich über die Tote. Mit dem Tuch bedeckt sie deren Kopf.

Annina beschließt, dass sie auf der Alp die Polizei anruft. Dort wird sie warten, wenn die Polizei noch heute hochfliegt. Sonst begleitet sie sie morgen, anschließend fährt sie heim. Ihrem Chef wird sie nichts vom Fund erzählen. Auf der Redaktion wird sie sich krankmelden. Die Polizei wird die Öffentlichkeit informieren. Es wird heißen, eine Tourengängerin habe eine Gletscherleiche gefunden.

Anninas Beine gehen wie von selber. Sie tragen sie zum Wanderweg, den Steilhang hinab.

Was Annina erlebt hat, schleift sie mit. Das stete Tropfen, das Rauschen, es tönt in ihr drin, wird leiser, verblasst, bis sie nur noch Schritte hört. Sie hört sich selbst, wie sie geht. Neben ihr der Bach. Er fließt ruhig. Das Verlorene Tal liegt im Schatten.

Die Felswand.
Grau. Zerklüftet. Steil.
Eine Lärche. Im Licht.
Der Wind.
In den Ritzen. Der Rinde. Im Geäst.

Ein Steinbock.
Äsen. Schauen. Geröll löst sich.
Der Steinbock, er frisst.

Die linke Seite weit unten im Verlorenen Tal ist eine fast senkrechte Wand. Von Wasser, Frost und tektonischen Kräften gesprengt, bilden unzählige Fragmente ein Ganzes. Brocken, waagrecht, aufrecht und schräg eingeklemmte Steinplatten. Risse, Spalten, Nischen, kleine Höhlen. Die Wand ist Teil des Gebirges. An ihr die laue Wärme des Nachmittags. Über der Wand fast hinauf bis zur Krete einzelne Lärchen und Arven. Ihre Wurzeln klammern sich an Steinblöcke. Um Wasser zu finden und Nahrung, bohren sie sich ins Geröll. Ein uraltes Exemplar auf einem Felsvorsprung. Knorrig steht die Lärche im Sonnenlicht. Ihre Rinde zerschunden. In einer Ritze eine Florfliege. Grellgrün. Transparente Flügel, überzogen von einem Netz von Äderchen, einer zwergenhaften Landkarte. Die Florfliege schwebt davon. Sie kreuzt den Flug des Admirals, der aus dem Nichts auftaucht, pfeilschnell das Weite sucht. Dann setzt ein Zittern ein. Es steigt von tief unten auf, breitet sich aus. Es schaudert durch die rumpfdicken Äste. Sie schaukeln. Ausladend schwingen sie auf und ab. Finden zurück in ihre Unbeweglichkeit. Ein Tannenhäher flattert aus dem Geäst. Schwanzspitze und Steiß blitzen auf. Sein Krächzen.

Annina blickt auf. Das Krächzen eines Vogels hoch oben in der Wand. Sie denkt, dass sie nie nirgends sein wird, immer umgibt sie eine Landschaft, ein Raum, immer ist da ein Ort, an dem sie sich aufhält. Sie wird nie entscheiden können, nirgends sein zu wollen. Annina bleibt stehen. Ihre Achseln sind schweißnass. Die feuchte Wärme ihres Körpers, der im Schatten augenblicklich abkühlt. Sie denkt an die Frau. Daran, dass deren Körper nichts mehr spürt. Kein Reagieren auf Kälte, auf Hitze. Keine Alarmsignale an das Gehirn bei Schmerz oder Unwohlsein. Keine Glücksgefühle, die ihn fluten wie kleine Dammbrüche, kein knurrender Magen, den es zu ignorieren oder zu sättigen gilt. Mit dem Tod hat die Frau ihre Identität und Selbstbestimmung verloren. Ein Leichnam gehört der Natur. Sie durchtränkt ihn nun mit Wasser. Setzt ihn der Wärme aus. Die Natur brächte die Frau zum Verschwinden.

Annina schaut auf ihr Smartphone. Keine Verbindung. Auf der Alp hat sie am Morgen Chatnachrichten heruntergeladen. Dort kann sie telefonieren. Oder es sein lassen. Die Natur brächte die Frau dort oben zum Verschwinden.

Eine Wurzel der Lärche auf dem Felsvorsprung greift ins Leere, langt zurück in den Berg, sie ist der Lärche Verankerung. Damit der Baum ein Leben lang aufrecht steht im Licht, selbst während des langsamen Zerfalls. Wenn keine Knospen mehr treiben, wird die Wurzel Stütze sein. Sie krallt ins Leere wie der Tentakel eines urzeitlichen Riesenkraken.

Dann birst etwas im Grund, auf dem die Lärche steht. Den Felsvorsprung überzieht ein Flirren.

Als Annina weiterwill, zerreißt ein Krachen die Stille. Das Echo verliert sich am Berg. Anninas Herz klopft. Über ihr die Steilwand, Geröll. Etwas fesselt ihren Blick. Annina meint sich zu täuschen, die Müdigkeit, die Anstrengung, Annina meint zu sehen, wie ein Baum, sie sieht diesen Baum, eine Lärche auf massigem Felsvorsprung – und stehen Bäume nicht stramm, nur ihre Äste bewegen sich im Wind? – die Lärche auf dem Felsvorsprung schwankt und als Annina sieht, wie ein Stein aus dem Felsen bricht, als sie realisiert, dass er fällt, da hat sie verstanden, sie erstarrt.

Ein Ast fällt ins dürre Gras. Ein fingerbreiter Riss, der im Boden klafft. Tief drin im Berg löst sich magerer Grund von festem Gestein. Kompakt gefrorener Grund, der Gebirge zusammenhält, ist aufgetaut. Dann neigt sich die alte Lärche. Schwerkraft, Planet Erde, magnetische Kugel im All. Das Wurzelwerk des Baumes versinkt seitlich im Boden, versinkt zusammen mit dem Boden, der in Zeitlupe abzusacken beginnt. Die Lärche, materialisiert aus Splint und Kambium, mit Innenleben, Jahrringen, dem Logbuch, in dem ihr Leben festgehalten ist, die sehr trockenen Jahre, die kalten, die Zeit behüteten Wachstums im Schatten der unweit liegenden, zerfallenden Arve. Sie, die Lärche, mit ihrer zerfurchten Rinde, den hellgrünen Zottenflechten, ihren Ästen im Saft, filigranem Nadelkleid, sie kippt zur Seite. Schwingt kurz zurück. Dann setzt das Beben ein.

Der ganze Felsvorsprung bricht weg. Mit dunklem Grollen lösen sich Steinblöcke, stürzen krachend in die Tiefe, die Schwerkraft nun absolut manifest, Treiberin und Rufende zugleich, ein Felsblock, tonnenschwer, poltert in Staub gehüllt, reißt Geröll mit, vertrocknete Erde und Wurzelstücke, überschlägt sich, bricht auseinander, Klumpen aus beinhartem Sand und Erde, Getöse, Steine schießen durch die Luft, uralt die statische Spannung, die sich jetzt mit Ächzen entlädt, und mittendrin gleitet sie, die Lärche, nun Wipfel kopfunter ins Tal. Alles rutscht und drängt, Brocken schlagen auf festes Gestein, zersplittern und werden weggeschleudert wie überdimensionierte Wurfgeschosse.

Sie werden in die Erde schlagen unten beim Bach, sie werden da unten den Weg verschütten. Und dann wird er sich bewegt haben, der Berg. Noch eine Weile wird Staub aufsteigen und die Wunde an seiner Flanke verhüllen. Die Staubwolke wird in der Windstille hängen, sich vielleicht bereits aufgelöst haben, bis die Nacht hereingebrochen ist. Dann kullern verzagt letzte Steine.
   Ihr Klacken.

Ich danke

der Franz-Edelmaier-Residenz für Literatur und Menschenrechte in Meran für das gewährte Aufenthaltsstipendium

double – der Mentorats- und Coachingplattform des Migros-Kulturprozent für die Unterstützung

insbesondere aber auch Monique, Kuno, Kathy und Franziska für ihre wertvollen Beiträge.